ある漢(おとこ)の生涯　安藤昇伝

石 原 慎 太 郎

目次

ある漢（おとこ）の生涯　安藤昇伝

人間の本性はそう簡単に変わるものでありはしない。ましてその時代が人間を生きにくいものにすればなおさらのことだ。特にあの大きな戦争が惨めに終わった後の混乱は腹の立つことばかりだった。あのでかい戦は負けはしたが、それなりに意味があった。この俺もそれを信じて死ぬ覚悟で兵隊になり、志願して特攻隊員にもなったのだ。

あの戦に俺たちが懸けた夢は、顔の色の白い奴等が白くない色の人間たちを勝手気ままに支配してきた世界を覆すことだった。なのに戦というでかい喧嘩に負けるというのはつくづく惨めなもので、戦の相手の棟梁のアメリカだけじゃなしに、今までこの国で暮らしていた朝鮮や台湾の奴等までが大きな顔をしてのさばりだした。そんな奴等をアメリカまでが俺たちに勝った仲間扱いして顔を立て、見て見ぬふりをする始末だった。

俺は東大久保の天神下で生まれた。神社の本祭りの最中に母親が産気づき陣痛で苦しむのを、付き添っていた祭り好きの祖母が見て、「祭りの最中に生まれるこの子は縁起がいい」と喜んでいたそうな。

そして夕刻から怪しかった雲行きがにわかに崩れ、強い夕立が来て突然大きな雷が家の間近の神社の庭の立ち木に落ちて薙(な)ぎ倒してしまった。そのショックで停電が起こり、暗闇の大騒ぎの中で俺は生まれた。この世に生まれて現れたのに何故か産声(うぶごえ)をあげない俺に産婆が慌てて俺を逆さに吊るして背中を強く叩いたら、ようやく産声をあげたという。

天はその後の俺の生き様を見越して、この俺を世に送り出していいのか躊躇したのかもしれない。

　俺の名前は大層遊び人だった祖父が死ぬ前に言い残してつけたものだそうな。彼は家業を嫌って飛び出し、深川の木場のいなせな若い衆に憧れ、そこで働いている内に材木問屋の一人娘と懇ろになり養子に収まった、当時のプレイボーイだったようだ。その血を俺が受け継いだとも言えそうだ。

　家の間近に雷が落ちた時に生まれたせいか、俺の気性は幼い頃から荒っぽいもので周りを手こずらせたそうな。

　それもどうも家系がもたらしたものらしく、聞かされたところ家の菩提寺永福寺に保存されている家系図によると、先祖は戦国時代の武将北条早雲の侍大将安藤式部の末裔。北条家が豊臣秀吉に敗れた後、現在の杉並区永福の地にまで逃れて土着し、辺りを押さえ、郷士になったという家系だった。

祖母・文と生後間もない頃。

ある時、町の祭りの余興で五人抜くと賞品の出る子供の勝ち抜き相撲があった。その大会で四人抜いた後の五人目の年上の男が突っ張り合いの中でいきなり俺の目を突いてきた。目が眩んだ時に体当たりされ、土俵の外に弾き飛ばされてしまい、その男が賞品を手にして得意気に引き上げていった。

それを眺めてどうにも腹の虫がおさまらず、気の合った仲間と語らって引き上げる相手を俺は先回りして待ち伏せ、相手の前に立ちふさがり、

「てめえ、さっきの相撲でわざと目を突いたろう、汚ねえ野郎だな」

「何を言ってやがるんだ、坊や」

せせら笑った相手にむしゃぶりついたが、相手は数が多く、こちらは仲間二人だけで多勢には敵わず、こてんぱんにのされてしまった。勝ち誇った相手は、

「おい小僧、ここらで余りでかい口をきくなよ。命がいくつあっても足りねえぞ」

捨て台詞（ぜりふ）を残して引き上げていった。

しかしその翌日から俺は一人、あの相手を探し回った。

昨日は多勢に無勢で負けただけで、これで引き下がったら俺の面目はなくなる。喧嘩の決着をきちんとつけなければ、これから先の俺の立つ瀬はなくなるのだ。そう心に決めて俺は懐（ふところ）にジャックナイフをしまって界隈（かいわい）を探し回った。

そしてひと月ほどした頃、自転車に乗った相手と近くの天神山で出会ったのだ。

俺は自転車の前に立ちはだかり、ハンドルを握ったまま怪訝（けげん）に見返す相手に、

「おい、相撲の日には世話になったな」

言っていきなり相手の腹の辺りに手にしたナイフを突き付けた。

「あっ」と思い出して竦む相手を、

「いいから黙って顔を貸せよ」

天神様の森に連れこんだ。

「お前、齢はいくつだ」

「本当は十八なんだ」

「てめえ、十五までの相撲に三つもサバを読んでいやがったんだな。お前、あの時くやしけりゃいつでも仕返しに来いと言ってやがったな」

言った途端、

「すまねえ、勘弁してくれ」

相手はいきなり膝をつき、土下座をしてみせた。

その頭を俺が手にしたナイフの背で軽く叩くと、

「すまねえ、この落とし前は必ずつける。あんたの子分になってもいい。勘弁してくれっ」

その後、俺たちは町のミルクホールでコーヒーを飲みながら手打ちをし、俺の家の辺りの町は、言わば俺の島のようなものになったものだった。

あれはこの俺がヤクザになるための初体験とも言えたろう。

戦中の乱れた世の中で元々自分で治まりの利かぬ俺の本性は荒んでいって喧嘩沙汰が絶えず、折角入った京王商業を退学になり、練馬の石神井にある智山中学に四年生として転入したが、転入早々、校内で何かの弾みに廊下でぶつかった柔道部の上級生への態度が生意気ということで道場に呼び出され、リンチを受けた。

その意趣返しに俺は気の合った仲間二人を連れて柔道部員が五人で下宿しているアパートに殴り込みをかけた。素手では敵わぬと思ったので、家の台所の出刃包丁を手拭いにくるんで持っていった。あれは俺が喧嘩で何かの武器を手にして出かけた初めてのことだった。

連中は抜き身の刃物を見て竦んでしまい、奴等を痛めつけた後、五円の金と剣道具三組と柔道着をかっさらって帰った。

あの喧嘩の経験で、俺は喧嘩の出入りの時、相手の思いもよらぬ武器が余計な血を流させずに案外に役に立つのを教えられたと思う。

その一件で俺は淀橋署に逮捕され、さらに練馬署に送られた。幸い齢からして成年刑は免れ、九段の少年審判所に移された後、多摩少年院へ送られた。

しかし俺は自分のやったあれだけのことで、こんなところにいつまでも閉じ込められているのは全く割に合わぬ気がして、なんとか抜け出す方法を考えた。

そして思いつき、予科練に願書を出した。仲間は不良少年を軍隊が受け入れる筈はないと笑ったが、何を見込まれてか三ケ月後に合格通知が届いた。その年の暮れ近く、俺は三重の海軍航空隊に入隊したのだ。

入隊の式典で分隊長の重松大尉が新入りの俺たちを精一杯持ち上げてくれ、貴様たちは選びぬかれた荒鷲の卵だと称え、国難のために命を懸ける覚悟をしろと訓示してくれた。俺も元よりその覚悟ではいたのだ。あれは何と言おうか、生まれて初めて味わう清々した気分だった。

世間で持てはやされ、歌にまでなっていた七つボタンの制服を着込んだ時、俺はこのまま俺自身の与り知らぬ今までと全く違う人間になれるのではないかという気がしていた。後に極道の道にはまりこんでからも時折、あの時俺を包んで縛った気分を思い出したものだ。しかし人間の人生なんて激しい河の流れを小さなカヌーを操って流れて下るようなものだ。

それにしても予科練の訓練は厳しいものだった。朝五時の起床。即座に白い作業衣に着替え、飛行場まで走って整列。鈴鹿おろしの寒風の中で上半身裸で海軍体操。司令訓示の後、八時から一般の中学と同じ英語、数学から物理、化学、通信、武道、戦術と、飛行機を操り戦う者として必要な教育が幅広く強制的に詰め込まれる。少年院から移った俺としてはいささか音(ね)を上げる始末だった。

それと不良時代に吸い慣れていた煙草が無性に吸いたくて、ある日の朝、朝礼をさぼって抜け出し、ゴミ焼き場に隠れてゴミの中に混じっている吸いかけの煙草を吸っていたら、係の上等兵がやってきて見つかり、咎(とが)められた。

俺の襟首を摑(つか)まえて居丈高に何しているかと詰問する相手の手を払い、居直って「見ればわかるだろう」と答えたら、相手が激高し、拳を上げて殴りかかるので思わず横の焼却炉の中から突き出ていた二十センチほどの鉄棒を引き抜いて振り上げて打ち下ろしたら、相手の額が裂けて血が飛ん

予科練時代。

だ。

　さらに一撃と手にした物を振り上げた俺の気迫に、相手はそのまま膝をついて謝った。

　その相手に、

「あんたステモクじゃなしに、まともな煙草を持っていないか、持っていたら出せよ」

　言ったら素直に出した。それをくわえた俺に相手は火をつけて差し出したよ。それで一つ覚ったものだ。軍隊だろうと何だろうと、人間の世の中じゃ結局力ずくがまかり通るということだ。


　それに加えてもっと思いがけぬことが起こった。その夜、重松分隊長からお呼びがかかった。上等兵を殴った一件がばれての叱責かと覚悟して部屋に行ったら、分隊長が立ち上がりながら、

「貴様、今朝ゴミ焼き場で何かやったか」

問われて今さらしらばくれる気はせず、覚悟してありのままを話した。

聞き終わると分隊長は意外にも笑って、

「貴様、威勢がよくて結構だ。今の時局はお前のような奴を必要としているのかもしらんな。明日から甲板練習生をやれ。貴様の少年院での内申書にも扇動性ありとあったが、貴様ならひ弱な連中をしごけるだろう」

ということで、俺は突然同期の仲間内での級長みたいな役回りにさせられた。

甲板練習生になっても総勢三百人ほどの中には上級の先輩が他に二百人ほどもいて、ことさらに下級の俺たちの仲間に因縁をつけ、いびっていじめにかかるのが日常茶飯のことだった。

俺にはそれが許せず、上の奴等に難癖をつけられ泣いている仲間を見つけると、いじめた相手を確かめ、少年院に入る前から使い慣れていて入隊以来肌身離さずにいたジャックナイフを手にして出かけ、相手の喉元に突き付けて脅し上げたものだった。

相手も俺が分隊長から例の一件以来お墨付きをもらっているのを知ってか、事を隠して物議を醸すことはなかった。あれはこの俺がナイフ一丁で軍隊の中に作り上げた俺の秩序とも言えたろう。

軍隊と言えば、襟に付けている星が一つ違うだけで絶対の秩序が成立する世界なのに、その中で俺一匹が小さなナイフをかざして俺の言い分をまかり通したという体験は、結局俺の一生を支配する強い信念になったと思う。

それは人間の世の中のある部分では、理屈ではなしに理屈からはみ出た暴力が事を容易に左右するという、人の世の隠れた原理への自覚だった。

そして俺はそれを選んだ。

分隊長に見込まれた俺は、その行き掛かりで特攻隊に志願させられた。元よりそれを辞退する気などありはしなかった。

所属したのは『伏龍隊』という特殊部隊で、任務は長い竹竿の先に取り付けた爆弾を抱えて水際に潜み、上陸してくる敵の艦船に体当たりしてこれを沈めるという乱暴極まる作戦だった。体当たりする飛行機もとうに払(ふっ)底(てい)していた頃に立案されたこの計画は、潜水服に潜水帽を被り水中に隠れ、やってくる敵艦を爆雷のついた竹竿で突き上げ、相手も死ぬが自分も死ぬという杜撰(ずさん)極まる試みだった。

現に水中に潜む間の呼吸を支える潜水帽の装置もいい加減で、練習中呼吸困難となり、窒息してそのまま沈んで帰らぬ隊員も続出する有様だった。

覚悟の上で志願したとはいえ、幼いなりに俺とて死ということについて考えはした。つまり人間はいつかは必ず死ぬのだから、要はそれまでどう生きるかということじゃないか。それならしたい放題をし尽くして死ねばいいということじゃないか。その覚悟は齢をとっても変わりはしなかった。それに徹すれば何に憚(はばか)ることなどありはしまいに。俺はそうやって生き抜いてきたつもりだ。

俺が三重の航空隊に所属させられ久里浜の海岸で訓練をさせられていた時、思いがけぬ人の訪問を受けた。それを告げに来た係の男が「おい、別品さんの面会だぞ」と笑って知らせてくれたが、面会人はセーラー服を着た三つ編みの女学生だった。

その顔に見覚えがあった。息を呑んで見直す俺に、

「御免なさい。突然にあなたが特攻隊に入られたと聞いて私、もうこのまま会えなくなると思ったら居ても立ってもいられなくなったんです。最後のお別れにこれを食べてもらおうと思って自分で作って持ってきました。どうか食べてください」

特攻隊（伏龍隊）時代。

言われて俺も驚き、彼女の目の前で久し振りの甘いおはぎを貪(むさぼ)り食ったものだった。

食べ終わった俺を見直し、彼女はいきなり俺の手を取って握り締め、涙声で、

「あなた死なないで、必ず生きていてくださいね」

その声の切なさに俺は思わず、

「ああ大丈夫だよ。俺は死にはしないよ」

と、その手を強く握り返して言ったものだった。それにしても、あの女の子が今何故突然に、と思った。

彼女はこの俺にとって特別の女だった。

彼女はこの俺に生まれて初めての付け文をしてくれた女だった。俺が通学していた京王商業のある代田橋(だいたばし)駅の改札を出ようとした時、突然後ろから声が掛かった。振り返るとセーラー服姿の三つ編みの女の子が立ってい

た。恥ずかしそうに身を揉んで、

「勝手なお願いです。この手紙を読んでいただけませんでしょうか」

そんな二人を眺めている改札係の目が照れくさく、俺はふんだくるようにその手紙を受け取った。

手紙は綺麗な字で綴られていた。

『安藤様　一度もお話ししたこともないのに突然の不躾な手紙、お許しください。私は関東女学校の四年生でこの線で通っていますが、車内であなたと顔を合わせるたびに私の心はときめきます。私のこれまで冷たかった心の扉をあなたが開いてくださったのです。心の扉の開かれた私はこれまでの生涯で最も幸せの中にいます。勝手なお願いですが、もし私と会ってくださるお気持ちがおありでしたら、私は明日の夕方五時に代田橋駅前の喫茶店でお待ちしております』

とあった。

そして俺は翌日の五時に出かけていった。

面と向かった相手は女と言うよりも幼くあどけないくらいの少女で、この相手がよくまああんな思い切った手紙を書いて手渡したものだと驚かされた。そんな相手に何を話していいのか戸惑う俺に、彼女は俺も聞き覚えのあるカール・ブッセの『山のあなたの空遠く　幸住むと人の言う　ああ我人と尋めゆきて　涙さしぐみ帰りきぬ』という歌を口にし、涙ぐんだ目で俺をまじまじ見つめてくるのだった。

正直言って俺は当惑していた。それまで相手にしてきた物欲しげに俺を眺め、誘えばすぐに体も許したありきたりのズベ公たちとは違って、聞けば父親はどこかの小学校の校長をしているという家庭の娘が、不良仲間で番長を張っているこの俺に、何の弾みでどんな興味を抱いて近付いてきたのかさっぱりわからなかった。ただ何のつもりでか周りの仲間たちには、あの子に限っては一切手を出すなと言い渡しはしたものだった。

それにしてもあの女はこの俺にとって一体どんな意味を持つのか、俺の荒んだ人生の中に一点だけ灯って俺に射しかける何の灯だったのだろうか。

確かにあの頃の俺は若い連中にはやたらに目に付く存在だったと思う。

昭和二十一年、俺は法政大学に入学した。予科練帰りには特典の答案用紙に大きく丸を描き、その中に二の字を書いて出した。それは空手部の推薦を意味していて、俺はあらかじめ空手部の主将と入学したら空手部に入る約束がしてあった。

俺は法政大学に入ると妙に忙しいことになってきた。

空手部にいる俺にラグビー部と応援団から引きがかかった。当時の運動部は互いに仲が悪く何かといがみ合っていたが、その調停役ということだった。

特に応援団は折から復活して始まっていた六大学野球の試合で過熱した

団員同士のいざこざが絶えず、とりわけ負け続きの法政の応援団を明治の応援団が口汚くからかったいざこざで、乗り込んだ俺が相手のリーダーを電話の受話器で殴りつけ、事を収めたりしたことまであった。

俺がやがて闇の世界で生きていくために役立つ経験を法政時代に味わわされたことがある。それは言わば喧嘩の終い支度の要領についてだった。

下北沢で俺の仲間が二人、辺りを仕切っているテキ屋の三田組の連中とのいざこざで刃傷（にんじょう）沙汰になり、俺はその仕返しに親分の三田剛造を始末するつもりで、手に入れたばかりの拳銃と日本刀を手にして探し回っていた。

その情報を待って喫茶店に屯（たむろ）していた俺のところに万年東一（まんねんとういち）の使いという男がやってきた。用件があるので、たってこの俺に会いたいというのだ。

そう告げられて緊張したな。万年は俺の憧れの人だった。

万年と言えば俺たち学生愚連隊の元祖みたいな人で、俺たちぐれた若者

法政大学の不良学生だった頃。

の憧れの人で、当時銀座と新宿を仕切っていた伝説の人で、俺の兄貴分の「人斬り小光」と呼ばれていた小林光也の親分だった。

だから俺は出征する彼の勇姿を一目見ようと新宿駅まで見送りに行ったものだ。赤い襷（たすき）をかけ次々に見送りに来る町の顔役たちに休みなく挨拶を返す彼の引き締まった顔に改めて胸をときめかしたものだった。

その彼が俺たち学生の不良仲間に喧嘩を売るとも思えなかったが、ともかく覚悟して待っていた。

夕方、彼がやってきた。

「安藤君というのは君かい。私は新宿の万年という者です」

俺のような学生のチンピラに慇懃（いんぎん）に物静かに自己紹介してくれたものだった。それだけで俺は感じるところがあって襟を正して向かい合った。

「実は君たちに話があって来たんだ。先日、君たちと揉めた三田組の件だけれど、三田とは手を打ってもらいたいんだ。君の仲間を怪我させた者たちは私から言って警察に自首させたから、君らとしては不本意だろうが、そのことは承知の上での頼みだ。一遍だけ俺の顔を立ててもらえないだろうか」

物静かだが腹にこたえる重みがあった。あれが貫禄の差というものだろうか。

「わかりました」

頷(うなず)いた後、

「三田とあなたにはどんな関わりがあるんですか」

思わず質(ただ)した俺に、肩を竦めると、

「あいつには命の借りがあってな。昔、兵隊の頃、北支戦線で毛沢東の共産ゲリラに囲まれてやられ、大怪我をした上等兵の俺を部下のあいつが三日三晩寝ずに看病してくれたのさ。その義理を果たしたいんだ。君も男ならわかってくれるだろう」

「わかりました」

言われるまま頷いた俺に、立ち上がり伸べられた彼の手を、俺は何故かとても懐かしい思いで握り返していた。以来、盃は交わさなかったが、彼との関わりは深いものになった。

頼まれるまま空手部、ラグビー部と応援団の用心棒になって過ごした大学生活は喧嘩に明け暮れている間に知らぬ間に学費滞納が続いていた。

しかし家の仕送りを受けているぼっちゃん学生ではない俺としては今さら親の脛を齧るつもりはなく、割のいいアルバイトを考えざるを得なかった。そこで思い付いたのは当時流行しだしたダンスパーティーの興行だった。戦時中閉鎖されていたいくつかのダンスホールが再開されていた。それを見込んで俺たちの手でダンスパーティーの興行を打つ。それに付け込んで来る地回りを撥ねのけるために空手部の仲間を用心棒に使う算段だった。

渋谷の公会堂を安く借り、切符を二千枚刷って捌(さば)き、大学の音楽部の連中をバンドマンとして安く雇っての興行は大当たりし、それを嗅ぎ付けてやってきた愚連隊は空手部の仲間を背景にして俺が主催者として名乗り、ドスをちらつかせ追い返した。

その年の暮れ、俺が東横デパートの地下の、戦中から戦後にかけて食料統制のために発行した食券で食事をさせる外食券食堂に入ろうとしたら、入り口で土地のヤクザと闇の食券売りの男が揉めていた。ヤクザは食券の売人から食券を巻き上げるつもりだったが、売人は売人で警察に隠れての際どい仕事を簡単には譲れないでの揉め事だった。

まだ若い売人はヤクザ三人を相手に、

「俺だって必死に仕事をしてるんだ」

と言い張って、手にしたものを渡そうとしない。すると三人のヤクザがいきなり襲いかかって売人を袋叩きにし始めた。手に何も持たぬ売人は殴り倒され血だらけになり、そんな相手をヤクザたちは容赦せずに蹴りつける。

俺は一緒にいた法政の空手部主将の黒木健児と、若い売人の根性に感心して、目で合図して止めに入った。俺がポケットからいつも手にしているナイフを取り出し刃を起こすと、黒木も俺の横で空手の構えをしてみせ、それを見て尻込みする相手に、

「このデパートはお前たちの縄張りなのか」

「いや、そういう訳じゃないが、渋谷の売人は一応俺たちの組が仕切ってるんだ」

「一応も二応もねえぞ、この売人だって危険の中でやってるんだ。その掠りを狙うなんて汚ねえ奴等だ。ここはこれからこの俺が仕切って守るから二度と面を出すな」

と言い渡したものだった。

あれがこの俺が渋谷での裏社会に初めて名乗って踏み出した瞬間だった。ヤクザが引き上げると売人は須崎（清）と名乗って俺たちを食堂に案内接待してくれ、膝を折って舎弟にしてくれと頼んできた。

この男が渋谷の俺の最初の身内となった訳だ。人間の繋がりなんて何で出来上がるかわかりはしない。そんな縁で俺は売人たちの後ろ盾になり、お陰で食料難の時代に食うことには全く困らなくなったものだ。

そんな縁から須崎は俺の組の幹部になった。


それから間もなく俺は初めて本気で人を斬った。相手は浅草のテキ屋利根屋一家の幹部橋本錦一で、相手として不足はなかった。あれはまだ若かった俺の功名心だった気がする。それまでは空手部の仲間たちを連れての喧嘩が多く、俺一人の立ち回りで相手をはっきり晒し者にしてみせたことは少なかった。

場所は行きつけの新宿のダンスホール『グランド東京』で、この店の持ち主もスタッフも俺たちを可愛がってくれていたし、気安い溜まり場だった。俺たちが店の喫茶店でビールを飲んでいたら、見知りのダンサーがドレスをびしょ濡れにして泣きながら駆け込んできた。見ると髪の毛まで何かを浴びせられて濡れている。

「どいつにやられたんだ」と質すと、ホールの真ん中で嫌がるダンサーを二人も抱えて踊っている男で、店の者に確かめると浅草のテキ屋利根屋一家の幹部の橋本錦一という。周りに新宿のテキ屋の何人かを従えて我が物顔で踊っていた。浅草でならともかく新宿にまで来てのさばっている様に腹が立ち、席を立った俺に誰かが、

「あいつは大変な顔ですよ。周りに子分もいるし、よしたほうがいいですよ」

言われはしたが、天の邪鬼な俺は却って気が立った。

懐に手を当て胸にしまってあるナイフを確かめ、フロアの真ん中で嫌がる女を二人抱き締めてこれ見よがしにタンゴを踊っている相手に近付いていった。相手は間近に近寄ってきた俺を、へつらって挨拶に来た者と思っていただろう。俺は彼が抱いていた女の一人をいきなり引き離し、相手の顔近くに頭を寄せ、「よお、おっさんよ」と馴れ馴れしく声を掛けてやった。相手は目をむいて振り返った。その相手にいっそう馴れ馴れしく、

「あんた煙草持ってねえかい」

いきなり言われた相手は絶句して、まじまじ俺を見返し、

「この俺を誰だと思っているんだ」

「だから、モクを持っているか聞いているんだよ」

「相手を見て物を言え。俺は煙草屋じゃねえぞ」

「それは言われなくてもわかっているよ。煙草屋ならもっとましな面をし

てるからな」

言われてようやく喧嘩を売られていると悟って、顔に青筋を立て、

「てめえ、面をかせ」

「ああ結構だぜ」

俺は相手に背を向け、俺のほうから相手を誘って洗面所に向かって歩き出した。その後ろから、

「おい小僧、お前この俺が誰か知っているのか。ここの用心棒に聞いてからにしたほうが身のためだぞ」

後ろからがなり立てる相手に振り返ると、

「冗談じゃねえ。喧嘩売るのにいちいち人にお伺いを立てていられるかよ」

言って洗面所に入り振り返ると、手にしたナイフでいきなり相手に切りつけた。相手も懐にしていた何かを取り出そうとしていたが、俺のほうが

一瞬早く庇おうとした相手の左手を切り裂いた。手の平の血管が裂けたのか凄い量の血が音を立てて俺に向かって噴き出した。その手を抱えてうずくまる相手を、返り血を浴びたまま蹴りつけ、

「いいか、これからこの辺りででかい面をするんじゃねえぞ」

言い渡してやった。

その時、店のダンサーが入ってきて血だらけの俺を見て悲鳴を上げた。その声を聞いて須崎が飛び込んできて、返り血を浴びた俺の姿を見て立ち竦み、

「兄貴、どこをやられたんです」

叫んで取り縋ったが、俺は橋本の腹を蹴りつけ、

「いいからこいつを早く病院に連れて行け。そして明日の昼、この店で待っているからと言ってやれ」

と言い渡した。

須崎は言われた通り橋本の傷の治療が終わった後、

「喧嘩ならいつでもおいでください。こちらも用意して待っておりますから。あなたを斬った男は安藤昇と申します。私はその舎弟の須崎です」

言い残して引き上げてきたそうな。


その夜、俺たちはでっかい喧嘩に備えてダンスホールに立てこもった。黒木もいたが、多勢に無勢では事の成り行き次第では死ぬ覚悟でいた。そこで持ち込んだ散弾銃の銃身を金鋸で切り詰め、弾が広がって一発で沢山の相手を倒す算段までしておいた。

不思議に恐ろしさはなかった。あれは何という心の働きだったろうか。昔、特攻隊に志願し、命令が下ればいつでも死ねると思って平明に生きていた頃を思い出していたものだ。

しかし案に相違してやってきたのは羽織に袴をはいた年配の男だった。

散弾銃を構えた俺に男は薄く笑うと、

「俺は高木正男という者だ。話し合いに来たんだがな、聞いてくれるかね」

その相手は池袋から東京一面を広く縄張りにしていた相沢一家の親分だった。

「事情は橋本当人から聞いたよ。あんた、若いのにいい根性しているな。悪いのは女をいじめたりした橋本だ。あの男は最低だ。あんたにやられても仕方がないな。あいつも今度のことは恥じているから、安藤君どうかね、ここは私の顔を立てて手打ちにしてくれないかね」

言われて俺も考えた。

ここで彼等と一戦交えて死人が出たりしたら刑務所行きになりかねまい。手打ちになればテキ屋一面には一目置かれることにもなるだろう。ということで俺は高木に下駄を預けて手打ちに合意してやった。あれは若気に任せずにした良い選択だったと思う。そのお陰で俺は日頃何かといざこざの多いテキ屋の世界に顔が広がり、俺の名を頼ってくる気の荒い若い者たちも増えるようになった。

あれは今から思えば俺の人生の転機だった。

その年の正月明け、久し振りに学校に行ったら俺の名が学費滞納ででかく貼り出されていた。係の事務員を呼び出して少し待ってくれと言ったが、言うことを聞かないのでナイフを取り出して脅したら、そのせいで除籍退学となった。

しかしダンスホールの一件で俺の名は喧嘩学生「セイゴロ」の間で評判になり、声も掛けぬのに俺の周りには腕の立つセイゴロたちが集まるようになった。

セイゴロをしている間も、俺が特攻隊に志願し三重の航空隊にいた頃わざわざおはぎを作って会いに来てくれたあの少女、斉藤ゆみ子との愛は続いていた。戦争が終わり、どさくさの時代を経ている間、彼女のことを思い出すことはあっても、もう二度と会うことはあるまいと思っていたが、ある時彼女はどういう伝(つて)を辿(たど)ってか俺の前に現れたのだった。

「親に叱られたって私、覚悟しているんです。どうせこの国が滅びるなら私の体をあなたに捧(ささ)げて死にたい」と、まだお下げ髪の少女にしてはなんとも大胆なことを言った彼女との再会は、俺にとって予想もつかぬ運命みたいなものを感じさせてくれた。久し振りに会った彼女は以前にも増して激しい女に変わって見えた。

二人してコーヒーを飲んだ後のなんとなくぎこちない散歩の後、他の女たちと違って連れ込み宿に入る気がせず、人気(ひとけ)のない公園の草むらで俺は彼女を抱いた。そして彼女は初めての男としてこの俺を迎え入れた。俺が行きついた後、彼女は暗闇の中で涙して「私、世界中の誰よりも幸せだわ」と叫ぶように言ったものだった。

その時、俺が感じたことは、戦争の後の今までのとても平穏とは言えぬ経緯の中で、この自分はなんとか生き延びてきたなという実感だった。そしてこの子のためにも死なずにここまで来てよかったという妙にしみじみとした実感だった。それはこの俺が今まで味わったことのない、生き甲斐(がい)のような心の弾むような気負った実感だった。

その後、俺はそれまで続いていた手当たり次第の女道楽を控え、一途に彼女に仕えたものだ。

半年後、彼女は俺の子供を宿した。そしてその腹を抱えて俺の実家を訪れ、両親に俺の子供を産みたいと訴えたものだった。

彼女の父親が小学校の校長をしていると聞かされて、さらに俺の両親も彼女の人柄が気に入り、生まれてくる子供のためにも身を固めろと説得してきた。しかし俺としては彼女の気立てを愛しいとは思っていたが、まだ二十一の若さで家という巣を持たされ、そこに決まって帰るという生活は耐えられそうになかった。かと言って、俺の子供を宿した彼女を突き放す気持ちにもとてもなれなかった。迷った末に「わかりました、あの子と一緒になります」。何かの荷物を下ろすような気持ちで言ってしまった。

しかしその結果、俺は褒められる亭主にも父親にもとてもなれなかった。結婚の日取りを大安の日に決め、場所も彼女の阿佐ヶ谷の実家で両家の親戚一同が集まってごく小振りにと決めていたのに、式を始める午後三時に俺は須崎と新宿で飲んで遊んでいた。須崎に言われて思い出したがもう遅く、俺の父親が新郎の代役を務めてくれてなんとか式を終えた始末だった。

それからの俺の一生は家なんぞの代わりに事務所を構え、家族ではなしに子分たちに囲まれ、平和どころかいつも波乱に満ちたものになった。それもこの俺が自ら選んでのことだったが。

仲間が増えると頼られるまま彼等を養う沽券がかさんできた。大学を首になってから俺は銀座の一角に間口の狭い洋品店を構えた。それは表向きで、裏ではいろいろな闇商売に手を出していた。日本人には手の出ないドルを外人相手の娼婦たちからかき集め、その金でアメリカ兵専用のPXから日本人には手の届かぬ品物を仕入れ、高値で売り捌いた。まだ貧しい世の中で舶来の品物は飛ぶように売れた。

大学時代の友人の、連合艦隊の司令長官の息子と謀って、輸出用の布地を横流しして荒稼ぎしたものだ。かき集めたドルをアメリカ兵に渡しドル専門の店で買い物をさせ、それを横流ししてもいたが、もっと大掛かりな手を考え、OSS（戦略情報局）のマネージャーの買収にかかった。

その橋渡しは以前、渋谷の安キャバレーでの女の取り合いで白人兵二人と喧嘩しているのを助けてやった二世のアメリカ兵、スタンレー山田につけさせた。山田は俺の言いなりに動いてくれた。彼を使って商売という

東興業（安藤組）設立の頃、米車『オールズモービル27』に乗って。

〝戦〟で俺たちをこけにした相手を食い物にしてやったのだ。ＯＳＳの裏口にトラックを乗りつけ、繊維の反物をロールごとしまい込み、一万ドル動かしてざっと三万ドルの儲けを上げた。やっていて小気味のいい商売だった。トラック買いで儲けた金は円札に替え、アメリカナンバーの車の後ろの座席に新聞紙に包んで放り込んでいたが、日本の警官はナンバーを見るだけで調べもしなかった。

その頃、俺が封切られたばかりの評判の映画を見るつもりで銀座のみゆき通りを歩いていて、何本目かの交差点を横切ろうとした時、すれ違った男に呼び止められた。よく目立つ第三国人連盟のバッジを着けた蔡という台湾人のチンピラだった。

そのまま通りすぎようとしたら、追い越した蔡が振り返り、「あんた、俺が挨拶したのになんで挨拶しないんだよ」と突然からんできた。敗戦の

後、急にのさばりだした奴等に腹を立てていた俺はむっとして、

「それがどうしたって言うんだ、この野郎」

言いながら相手の襟首を左手で掴み、右手で相手を殴り倒した。

倒れ込んだ蔡は腰を落としたまま手を合わせ、「待ってくれ、上着を脱がせてくれ」と頼んできた。

こいつサシでやろうという気だなと思って、俺は相手を見直した。

「よし、ならば脱げよ」

言って俺は相手の襟首を掴んでいた左手を放してやった。蔡は上着を脱ぎ始めた。その時あいつは俺に背中を向け、隠していたナイフを取り出していたのだ。あいつの手元は俺の死角で、それが見えなかった。

そして振り向きざまにあいつは俺の顔に切りつけてきた。何か光るものが目の前できらめき、次の瞬間、丸太で殴られたような衝撃があり、激痛が走った。左の頬が割れて開くのがわかった。

「畜生、やりやがったな」

叫んで辺りに武器になりそうなものを探したら、何故か並木の下に煉瓦のかけらが落ちていたので、それを手にし相手に向かって叩きつけたが当たらなかった。蔡は血だらけのナイフを手にしたまま夢中で銀座の路地から路地を逃げたが、開いた傷を押さえながら殺気を漲らせて追いかける俺は何故か体に力が入らなかった。傷が開いて切りなく血が噴き出し全身血だらけの俺を見て、辺りの人間たちは悲鳴を上げて退いた。

しかし誰が知らせたのか蔡を摑まえる前に駆けつけたMP二人と日本の警官に捕まってしまい、そのままMPのジープで近くの十仁病院に運び込まれてしまった。

二つに裂けた顔の傷を見て医者もたじろいだ様子だったが、俺は真っ先に注文をつけた。海軍時代に軍医から、麻酔を打って傷口を縫うと後で傷口が汚くなると聞かされていたので麻酔を打たずに傷を縫えと注文した。

梅澤院長は驚いて見返したが、

「さっさとやれよ」

と怒鳴る俺の剣幕に気圧され、一瞬たじろぎながらも、

「その代わり痛いぞ、覚悟しろよ」

「ああ、さっさとやれよ、藪医者」

「黙っていろ。うるさすぎて仕事にならないぞ」

喧嘩腰のやりとりで時が過ぎた。

後から聞かされたが、傷が深くぱっくり開いているので中の肉をまず縫い合わせなくてはならず、その後に表を縫い合わせる段取りで、曲がった針を深くから表まで通して裂け目を合わせる作業のたびに、重い荷物を引っかける手鉤を打ち込まれ、顔ごと引き摺り回されるような痛みの連続だった。

その間、呻きながらも、

「綺麗に縫えよ、この藪医者」

と俺は毒づき、

「黙れ、静かにしていないと顔が曲がって仕上がるぞ」

と一時間半後、ようやく三十針におよぶ手術は仕上がった。

その後、看護婦が顔の血をきれいに拭ってくれた後、彼女に頼んで取り寄せた鏡で自分の顔を見てぞっとした。左の耳の下から口元まで赤黒い百足が足を広げて張りついていた。痛みにではなしに何か大きなものに打たれたように俺は立ち尽くしていた。これで自分の運命は決まったという強い実感だった。

「これでもう二度と、かたぎの世界には戻れはしない」

俺は他の連中みたいに入れ墨を入れる気は全くなかったが、この顔の傷は一生消すことの出来ぬ入れ墨のようなものだと悟っていた。そしてこの顔にこの傷を負わせたあの男を必ず殺してやると心に誓っていた。あれはこの俺が生まれて初めて抱いた殺意だった。

後に大事件となった横井英樹襲撃事件では、尊大なあいつを憎みはしたが殺す気まではありはしなかった。俺の人生を狂わせたあの台湾人の蔡だけは必ず殺してやると決めていた。


その蔡が傷害罪で築地署に囲われているのを突き止めた。奴と面会し、その場で刺し殺すつもりで面会を申し込んだ。警察を騙すつもりで、俺との傷害事件は行き違いだったので水に流すつもりと言い立て、差し入れのケーキまで持参して見せたが、それでも係官は首を傾げ、署の裏にいる警察医から傷は全治しているとの診断書をもらってくるように言ってきた。面接した警察医は俺の顔の包帯を眺めて眉をひそめたが、それでも負った傷を軽いと書けという依頼は初めてだと言いながら書いてはくれた。

係官はそれを見て納得し、控え室での面会を許してくれたが、その場で奴を刺し殺すつもりでドスを懐にしていた俺の姿を蔡はちらっと目にしただけで踵を返し、留置場に逃げ帰ってしまった。

その後、係官が、

「とにかく今日あいつに会わせる訳にはいかないが、君からの示談書もあることだし、これから急いで調書を取り、明日ここから出すことにするよ」

「本当ですか」

「ああ本当だ」

「何時にですか」

「明日十時だよ」

「十時に間違いありませんな」

「ああ間違いないよ」

言われて俺は明日奴が出てきた時、署の前で殺す決心をし、翌日、雨のなか須崎の他、何人かの舎弟と一緒に署の前であの男を待ち受けていた。時と共に辺りに殺気が漲るのがわかった。

しかし十時半になっても蔡は現れなかった。

俺はびしょ濡れのまま署に乗り込んだ。

係官はニヤニヤ笑って、蔡は今朝の九時に釈放したと言った。

「あんた、今朝の十時と言ったじゃないですか」

「しかし警察には警察の都合があってな、仕方がないんだ」

はぐらかされて戻った俺は仲間に、

「こうなったら徹底してあいつを探せ。そして見つけ次第、どこでもいいから殺せ」

この俺が仲間に本気で誰かを殺せと命じたのは、あれが初めてのことだった。

蔡を探し始めて二ケ月になろうとしていた頃、仲のよかった銀座の顔役の高橋輝男から俺に電話がかかってきた。三つ年上の彼は戦争中海兵団に入り海南島に送られ、辛酸を嘗め尽くしては生き長らえ、戦後新宿で俺と知り合い、兄弟付き合いが続いていた。彼は普通のヤクザとは違って経営感覚のある男で、一家の運営もいろいろな仕事に手を出して子分を養い、合理的で見習うべきところの多い男だった。

その彼が俺の事務所にやってきた。用件を質すといきなり、

「お前の顔を切った蔡のことで奴の兄貴から頼まれたんだが、落とし前の金は十分に出すと言っている。この俺に免じて許してやってはくれまいか」

と言われたが、俺は言下に、

「それは断る。あんたと俺の仲だが、これは絶対に駄目だ。事によったらあんたになら体を貸すつもりだが、これだけは駄目だ。俺に免じて手を引

いてくれよ」

「そうか、お前の気持ちはよくわかる。わかりすぎるほどよくわかるが、残念だな、蔡もつくづく悪かったと思って、なんとか詫(わ)びを入れたいと今そこのガードの向こうまで来ているんだがなあ」

それを聞いた途端、横にいた須崎たち五、六人がそそくさと立ち上がり、部屋を出ていったものだった。

そして須崎たちは近くのガードに向かって一目散に走った。蔡の姿が見えた。蔡は気付いて逃げ出したが、須崎たちは追い縋り、一人が蔡の太腿を突き刺し、うずくまる蔡の顔に切りつけ耳を切り落とした。大通りを行き交う者たちが悲鳴を上げ、誰かが警官を呼んだ。須崎たちは逃げ散り、中の一人が事務所に駆け込んできて、

「やりました。蔡をめった斬りにしました」

それを聞いて高橋は「終わったかね」と肩を竦めると俺に向かってにや

りと笑い、

「それじゃ近い内に会うとするか」

立ち上がり、部屋から出ていった。

彼と蔡との関わりはよく知らないが、彼が俺の仇討ちのために手引きして仕組んで俺の望みを果たさせてくれたのは痛いようにわかっていた。あれが男同士の付き合いというものだったろう。


俺がそろそろ一家を構えようかと思い始めていた頃、屈強な顔ぶれが揃うようになった。俺が声を掛けスカウトした訳ではないが、あれも時代が生んだ社会の風潮がもたらした人間同士の縁というものだろう。

俺の配下となった石井福造が初めて俺を見たのはいつかの夕方だったそうな。街灯の下に立っていた俺の頬の傷が明かりの加減ではっきりと見え、その傷の大きさをいぶかり、俺に付きまとうことにしたという。それもこの傷痕の功徳というものか。

石井は若い頃から喧嘩に明け暮れ、三つの中学を退学となり、札付きの集まる国士舘に転入した。そこでも番長として暴れまくっていたそうな。

それに耐え兼ね、毒をもって毒を制すつもりで弱い連中が白羽の矢を立てて招いたのが千葉中学を中退していた暴れ者の花形敬だった。花形は世田谷の大地主の一族で、血筋を辿れば武田二十四将の一人という旧家の出だった。

花形が退治を頼まれた石井も、花形が通っていた槍の笹崎やベビー・ゴステロと互角に戦った相澤太郎のジムに通っていた。

ここでも花形の強さは抜群だった。六オンスのグローブをはめ、練習生四人と続けてスパーリングした後、ジムの主宰者の相澤太郎とも対戦し互角に打ち合った末、師匠の相澤をノックダウンさせ、師匠に「もうお前に教えることはないな」と慨嘆させたものだった。

石井も花形も無頼のまま過ごしていたが、花形は正式の試験を受け、明治大学の予科に立派に合格していた。

そんな二人が妙な行きがかりで国士舘で対決することになった。

花形は転入するとすぐに彼を頼ってきた連中の要望に応え、石井と対決するために彼を呼び出す「ハリダシ」をかけた。

対決の場は学校に近い松陰神社の隣にある西園寺公の墓のある神社の境内だった。

花形の一派には、後に俺の組織幹部になった石井に恨みを持つ花田瑛一もいた。両派がドスを抜き合って乱闘が始まる寸前、石井の子分の森谷新一を渋谷の盛り場で補導した時に乱闘の噂を聞いていた警察が、私服刑事たちを忍ばせ、騒ぎを阻止したのだそうな。

刑事を見て全員が逃げ出したが、花形だけが座り込んでドスを地面に突き刺して居直り、刑事を驚かせたらしい。

それを聞いて、番長としての面子(メンツ)で引き返した石井も世田谷署に逮捕されたが、区の顔役の花形の父親の計らいで釈放され、しかしそのために二人は大学を退学させられた。


俺の組の大幹部になり、うちの代名詞みたいな存在になった花形と俺との関わりが出来たのは、俺が縁あって関西の質(たち)の悪い流れ者に居座られ困っていたのを助けた桜丘の『藤松』という老舗の旅館の経営を、石井に任せていたのがきっかけになった。大学時代から突っ張り合いの縁だった二人の仲だが、石井が俺との縁でしばらく花形の前から姿を消していた間、二人は互いに意識せずにいたみたいだった。

しかしある時、花形がどこで聞きつけてか突然石井のいる旅館を酔っぱらって訪ねてきた。上がるなり、

「お前、こんなところにいやがったのか。久し振りに会ったのに愛想がねえな」

言いながら冷蔵庫を開け、

「酒を出せよ、何か食わせろ」

と中からその頃は高価なハムを取り出して、そのまま齧り出した。石井はたまりかね、それを奪い返し、

「それは止めてくれ。俺の古い友達だからたいがいのことは我慢するが、俺は実は今は安藤昇の舎弟としてこの旅館を預かっているんだ。このままだと俺の顔が立たなくなるんだ」

言ったら余計にいきりたって、

「なんだ、その安藤って野郎。ここへ連れてこい、俺が勝負してやるからな」

息巻いて手に負えない。石井も情けない話で俺に電話してきて泣きつい

後にヤクザ同士の抗争で命を落とすことになる花形敬。

た。仕方なしに俺は一人で木刀を手にして藤松旅館に乗り込んだ。

かねて石井と子分たちが旅館に屯してヒロポンをやっているのがわかっていたが、花形なる相手に牛耳(ぎゅうじ)られているのもそのせいだろうと思った。

俺は、とにかく薬をやることが嫌いで、裏の世界でそんなものがまかり通っているのが許せなかった。あんな物は人間を駄目にするに決まっている。いざという時に体も張れず碌(ろく)なことはない。どこか芯の弱い人間になるに決まっている。薬に頼る奴は必ず芯の弱い奴に決まっている。そんな奴等を身内に置いておけば、ここぞという時に役に立つ筈もない。そんな奴等を身内に置くのは許せず、この際、花形の退治を兼ねて奴等に焼きを入れるつもりで出向いていった。

奥の部屋でヒロポンを打っていた奴等を一列に立たせ、一人一人の尻を木刀で力一杯殴りつけた。なんとその最中に花形がやってきたのだ。

誰と知らずその彼に、

「てめえもそこに覚悟して座れ」

怒鳴った俺の気迫に押されて彼は部屋の隅に正座してしまった。

「いいかっ、今後ヒロポンなり他の薬に手を出した奴は決してただじゃおかねえぞ」

言って彼等に焼きを入れ続ける俺を、彼はただまじまじ眺めていたそうな。そして何を感じてか、この俺を見込んで俺の舎弟になる決心をして敵仲の石井に頼み込み、ある日俺のところへやってきて殊勝に両手をつき、俺の下で働く約束をしたものだった。

その時、テーブルに殊勝に両手をついて頭を下げる彼に言い渡した。

「いいか花形、お前の命はこれからこの俺が預かる。生きるも死ぬも俺が決める。勝手なことは許さない。それでいいな」

「結構です」

とあいつも強く頷いた。

それからの彼はうちの看板の戦力とはなった。

しかし、俺から眺めるとあいつは一種の二重人格だったな。頭がいい癖に粗暴で、何かが気に障ると紙の裏表が引っ繰り返るように人間が一変してしまう。そんな男の手綱はこの俺しか引けはしなかったろう。

西原健吾が俺の前に現れたのはいつの頃だったか、よく覚えていない。ある日、花形が突然彼を連れて俺の前に現れ、健坊と呼ぶ、まだ童顔の若者を舎弟を持たぬ彼の弟分だと紹介したものだった。

聞けば國學院大学空手部の主将を務めた男だという。花形との関わりは彼が学生の頃、町で刃物を持った多くの相手に囲まれ喧嘩の寸前に、花形が割って入って彼を助けたことから花形を兄貴と慕って付きまとっているそうな。

是非とも組に入れてくださいという彼に、

國學院大学空手部時代の西原健吾（前列中央）。

「俺に会ってどうするつもりだ。あんまり良いことはないぞ」

「承知しています」

物怖（ものお）じせずに言う相手に興味を持ったので「ヤクザになってどうするつもりだ」と質したら、すかさず、

「裏口から入って玄関から広い表通りに出ます」

「なんだ、それは」

「ヤクザは裏口です。まずヤクザになり力を蓄え、その力を利用して今度は表玄関から堂々と実業界に出ていきます」

と胸を張って言うので、

「どこで、そんなことを考えたんだ」

質したら、

「たった今、ここでです」

真顔で言うので俺も思わず吹き出したものだった。

そしてこの学生、案外役に立つかもしれないと思った。

「大学はどうする」

「やめます」

「いや卒業しておけ、卒業したら正式に入れてやるよ」

「卒業するまでは」

「仮免だな」

「有り難うございます」

そんな経緯で俺には最初からこの男が何故か可愛らしく、血は繋がってはいないが、何故か懐かしい奴に思えてならなかった。

この男は案外に才気があって、やがて組として初めての試みの歌謡ショウの興行を成功させてみせたものだった。

その一方、得意の空手の技を試しにキックボクシングのムエタイの本場、タイ国にまで出かけて、向こうのプロと互角に打ち合って俺の組での存在感を高めもしたものだ。いずれにせよ俺にとって異色の舎弟というよりも、健坊という可愛らしい弟分だった。

しかし自ら備えた空手の技に対する自負は強いものがあり、出入りの時、彼だけは刃物も棍棒も手にせず、いつも素手で戦い通していた。それが最後には命取りともなった。

それにしても彼の空手の技は俺の組に入ってから路上での実戦を通じて磨きがかかり、渋谷一円に限らずその名が通るようになった。それが俺の自慢の種にもなった。

ある時、俺が兄弟分の銀座警察の頭の高橋輝男と一緒に渋谷の島の地回りをしていた時、町の一角に派手なアロハを着込んだヤクザが煙草を吹かしてのさばっているのを見て、連れていた西原に「あそこにいるヤクザ者が目障りだからちょいとしめてこい」、言いつけたら彼が下駄を脱いで走り寄り、追い払う声を掛けたら、そのヤクザがいきなりドスを抜いて切りかかった。その瞬間、西原は中空に飛び上がり、足で相手の顔を蹴りつけ、相手は一瞬で仰向けに倒れて動かなくなった。

戻ってきて一礼して見せる西原を高橋さんに自慢気に「こういう男なんだよ」と披瀝してみせ、西原に、

「この高橋さんはな、お前の言っていた通り、まさに裏口から入り玄関から広い表の通りに出た男なんだぞ。お前も見習うことだぜ」

言って西原がうちの事務所に来た時にほざいた台詞を笑って披露したら、高橋さんが、

「だけどヤクザは所詮ヤクザだ。ヤクザでは世の中は通らない、だから羊の皮を被るのさ。しかし弱い羊じゃ話にならない。強い羊に見せることだよ、世の中そんなもんだぜ」

若い西原を諭すように言ってくれたものだったが。

　俺たちの関わりは世のヤクザみたいに、ことさら盃を交わしたりもせず、互いにその場で手を握り合ってのものだった。

　それだけで事ある時には互いに命を張って尽くす男の関わりが出来上がっていったものだ。それは誰かが言ってもいたが、中国の『水滸伝』の「梁山泊」みたいなものだった。

　花形はその後も俺の下でいろいろ物議を醸す彼ならではの所業で周りに存在感を示していったが、「東興業」（安藤組）の事務所が設立された年の五月にさっそく渋谷で白系ロシア人と喧嘩して相手を蹴り続け、相手はその傷が元で破傷風になり間もなく死亡してしまった。花形は正当防衛を主張したが認められず懲役の判決を受け、宇都宮刑務所に服役し、やがて模範囚として出所したが、その出来事も俺の組での彼の存在感を高めることにはなった。

男同士の力ずくのいざこざで俺の組の存在感が高まり、世間の耳目を集めたのは、当時人気の高かったプロレスラーの力道山との軋轢だった。相撲の関脇からプロレスラーに転じた彼は外人のレスラーを痛めつけるショウで人気を高め、戦後のアメリカ支配に鬱屈していた国民の憂さ晴らしを代行していることで国民的な人気があったが、それを良いことに増長し、酒癖も悪く顰蹙を買うことが多かった。

事の始めは、彼が肩入れして開くマンモスバー『純情』のマネージャーがうちの若い者が経営しているバーにやってきて、間もなく開く『純情』のせいでこんな店は客が遠退き、すぐに潰れるだろうと嘯いたことだ。

それを聞いた若い者が頭に来て、うちの組の智恵者の大塚稔に訴えた。大塚は策を講じて五万円の金を百円札に崩してアルバイトに雇った学生たちに持たせ、客として開店早々の相手の店に送り込んだ。店は満員となり、新規の客は入れない。こちらの策に気付いたマネージャーが力道山に泣きついて彼が脅しにやってきたが、大塚の指揮で満員の学生たちが立ち上がり嫌味に恭しく敬礼して見せ、彼は怒鳴ることも出来ずに苦笑いして引き上げた。

その後、策を講じて鼻を明かした大塚に力道山から話し合いの呼び出しがかかったが、大塚が撥ねつけ、次には力道山の名代としての東富士がやってきたがこれもなす術もなく引き返し、最後はまた力道山がやってきて改めて大塚と話し合いをしたいと申し出た。

しかしそれを受けて約束の時間に出向いた大塚を、相手は美空ひばりと対談中と称して彼女の前ではその筋の者とは会わないという。憤然とした大塚は席を蹴って引き上げてしまった。

その報告を受けて俺は腹が立った。民族の差別をするつもりはないが、敗戦の後、勝者のアメリカに便乗してこの国で勝手気ままなことをしでかしていた朝鮮人の端くれではないか。それについ半月前、俺のいた『東京クラブ』で姉さん格のホステスに彼女の仲間のあるホステスを取り持って世話しろと頼み、「私はやり手ばばあではありませんから」と断られ、いきなり平手で彼女を殴ったりしたものだった。彼女は意識を失い、病院に担ぎ込まれたが、鼓膜が破れるという重傷だった。

それに彼はあちこちの店で、「俺がこの店は守ってやる」と豪語していたが、それは俺たちの立場として聞き捨てならぬものだった。

大塚たちの報告を聞いて英雄扱いされている男の実態が露見してきて、見逃し出来ぬと思った。人気に任せての思い上がった狼藉（ろうぜき）は世のためにとても許せぬものに思えた。

「よし、あいつを取ろう」

俺は言ったのだ。

そしてさっそく、天下の英雄に祭り上げられている男を狙う包囲網を張りめぐらした。小高い丘の上にある彼の住宅に続く道は狭く、近付いて狙うのは簡単だった。下見を重ねて彼の車を三方から狙う算段を整えた。

しかしいくら待っても彼の車は門の前には現れなかった。閑静な住宅街なので動き回る俺たちの姿が近くの住人の目に触れすぎたのかもしれなかった。

する内に、ある筋の情報で相手は常時身の回りに弟子を三人配置し、実弾を込めた猟銃を寝る時も離さないでいるとのことだった。それを明かすようにある時、彼のパートナーの東富士が面会を求めてきた。

そして渋谷の円山(まるやま)町の料亭で手打ちの会合とはなった。

向かい合ったテーブルにこちらの本気を示すために持っていったそれぞれの拳銃五丁を並べて置いて見せた。

「力さんも反省していますから、なんとか解決の糸口を見つけてください」

と相手はでかい図体の柄に似ずに、か細い声で切り出した。

「お金で済むことなら、いくら出したら許してもらえるのかわかりませんが」

「いいか、これは恐喝じゃないんだから、いくら出せとは言わない。ただ悪いと思ったら、それだけ包んで来ればいいいんじゃないか」

　東富士は一瞬考えて、

「百万円出します。それでどうか力さんの命は取らずにいてください」

　今になって思うが、東富士というのは柄に似ず、心の優しい男だったと思う。彼がいたからこそ、俺も力道山を殺さずにすんだと言える。

　その年の三月、俺の兄貴分だった高橋輝男が撃たれて死んだ。住吉一家の幹部の葬式に出向いた浅草の寺で葬儀を済ませて式場を出た時、対立していた芝浦の向後平（こうごたいら）が背後から忍び寄り、拳銃を撃ち込み、弾は心臓を貫き即死だった。

　あれは俺にとっての衝撃だった。銀座警察を主宰する彼と組んで渋谷と銀座という二つの盛り場を牛耳ることで、でっかい夢が果たせる筈だったのに。それに彼には俺の顔を切ったあの台湾人のヤクザの蔡を誘き出し、仇を返す手引きをしてくれた恩もあった。

　あの輝さんが呆気なくこの世から消えていったという紛れもない事実は、俺にとっての警鐘というか、俺のいる世界の紛れもない仕組みの真実をしみじみ突きつけてくれた気がしてならなかった。


　その頃、うちと、地元の博徒落合一家と縁の深いテキ屋の武田組との小競り合いが続いていた。武田組の若い者二人がうちの若い者たちの行きつけのバーを襲って店の者を脅し、うちの幹部の石井の居所を質して押しかけたが、逆に捕まって拉致され、近くの空き家の倉庫に閉じ込められてしまった。

事の次第を聞いて、うちの若い者の瀬川康弘が猟銃を持ち出し、武田組の組長の家に押しかけ、実弾を三発撃ち込んでしまった。

こうなると、うちと武田組の全面衝突になりかねない。そうなれば、まだ育ち盛りの両者は壊滅するだろう。ならば、武田組の大親分筋の関東一円を仕切っている尾津組の親分に掛け合って手を引かせるしかありはしなかった。

尾津喜之助は敗戦後、この国の経済を陰で支え、全国の闇市の流通を支えてきたとも言える大物で、俺とは格段の差がある存在だった。そんな相手にまだ駆け出しの俺が掛け合いの面談を申し込むのは僭越（せんえつ）を越えての暴挙に近かったろう。生き残るためには捨て身で試すしかなかった。場合によれば刺し違えてもいい。あの尾津を殺せば俺の男は上がる。死んで元々のつもりで申し込んだ。

その頃の尾津の威力と言えば、尾津の娘が親の威光を借りて当時、流行歌の『湯の町エレジー』で大人気だった二枚目の歌手近江俊郎を呼びつけ、強引に関係を結んだことが新聞沙汰になるほどのものだった。

そんな相手に若造の俺が殴り込みに近い直談判を申し込み、面談が受け入れられても、子分が寄って集ってその場で殺されるかもしれない。なら、こちらも相手を殺すつもりでいこうと、射撃のうまい志賀日出也と二人でそれぞれ二丁の拳銃に弾を込め、上着の下のホルスターに差し込んで乗り込んだ。

面談は朝早かった。

朝靄の中、相手の家の門の前で車を止め、白みがかった空を仰いでみたら暁の明星が輝いて見えた。

「お互いに長生き出来そうにねえな」

俺が志賀に笑って言ったら、あいつも肩を竦め、

「どうせ一度しか死ねませんからね」

笑ってみせた。

相手の在宅を狙って朝は早くの押しかけだったが、玄関のベルを押すと、しばらくして番頭らしい男が建物のシャッターを開けた。いぶかって見直す相手に、

「朝早くから申し訳ございません。渋谷の安藤と申します。尾津組長がご在宅ならちょいと急ぎの用向きで出向いたとお伝えください。勝手ですが、急いでおりますと」

番頭に伝えてから間もなく着流しに半纏（はんてん）姿の尾津組長が玄関先に現れた。

「お初にお目にかかります。突然うかがった無礼、お許しください」

「固いことは抜きだ。さあ上がりな」

言われて奥の応接間に通された。深々したソファに座る時、上着の下に吊るした拳銃のホルスターが嵩張（かさば）って邪魔だった。その様子を尾津は見届

けていたと思う。俺をしげしげ見直す相手の視線でそれがわかった。

「昨夜遅く武田組とまた揉めまして、御縁続きのこちら様に、ここはなんとか収めていただきたいと参上いたしました」

聞いた相手は小さく肩を竦めたが、その間二人は息を殺して返事を待ち受けた。場合によれば相手を殺さなくてはならない。となれば、この部屋から生きては出られまい。固唾を呑む思いで相手を見つめていた。尾津にしても同じことだったろう。目の前の男が懐に何を隠して出向いてきているのかは十分に察知していた筈だ。俺はひたすら相手を見つめていた。

そうしたらもう一度肩を竦めて、

「武田にどんな事情があるのか俺にはわからねえが、俺が呼びつけて話してやるよ」

「で――」

身を乗り出して言った俺を手で制して、

「わかってる、わかってるよ。もう言うな、アハハハハ」

笑い飛ばされて終わりだった。その後、

「おうい、酒を持ってこい」

言われて若い者が持ってきた日本酒を、並べた茶碗に自ら注いでくれた。

その手が緊張で微かに震えているのを俺は見届けた。

(よし、これでこいつには勝った)

密かに俺は思った。

あれは俺の生涯にとって大層な教訓だった。暴力はこちらも死ぬ覚悟で使わなくては本当の役には立たぬという人生の真理の体得だった。あの大親分の尾津が俺たち若造の前で媚びて震えながら酒を注いでくれたのだ。

俺はかつて横井英樹の肩を持ってデパートの白木屋の株主総会でひと暴れしたものだ。

その頃、白木屋の株を相当買い占めていた横井がそれをかざして白木屋の役員になろうと申し込んだら、白木屋側は成り上がりの素性の知れぬ横井を嫌い、撥ねつけた。横井の側には白木屋を傘下に収めてデパート業界に進出する気の東急がついていた。俺としては素性は知れなくとも徒手空拳でここまで這い上がってきた横井という男の根性に惚れるところもあった。

総会は目茶苦茶になり、結果として白木屋は東急と合併しての営業ともなった。

しかし彼との初縁の折の印象は、そう悪いものでありはしなかったと思う。こちらも裏の世界に船出してまだ海とも山ともつかぬ頃のことといて、横井のように徒手空拳でこれまで伸し上がってきた男に対しては羨望と言おうか、ある種の共感が持てていた。

株主総会をぶち壊しにするための打ち合わせに、ちょっとの間、顔を出したたけのような主人公の態度が、いかにも横柄で高飛車な印象だと不満をもらす手合いもいたが、俺はそうは思わなかった。

財界の大御所の五島慶太と四つに組んで、とんでもない野心を遂げようと画策している。そのための企みを委嘱する俺たちに特段媚びることもなく、恬淡と野心を披瀝し、仕掛けの割り振りについて説明する男を、俺は眩しいものを見るような思いで眺めていた。

この俺とて、やがていつかは彼とは違う世界で伸し上がり、デパートとは違うが、さまざまな人間、さまざまな商品を取り揃えたものを、この俺の手の内に収めるつもりなのだから。このいかにも尊大で自信満々な男は、ある意味でこの俺の将来を培うために、その範と据えるに値する奴かもしれないと思えたものだった。

その相手と今のこの俺との関わりは、世の中の常で今限り、世に言う「世の中は駕籠に乗る人担ぐ人、そのまた草鞋を作る人」の限りでいいのだ。しかしいつかはこの俺もこの男のように、まさに徒手空拳のままに伸し上がり、二人の立場を今とは逆にしてみせてもやると思いながら、大きな野心を背負って語る相手を眺めていたものだったが。

　あれが俺とあの男の腐れ縁の始まりだった。そしてその再縁は思いがけぬ、ある頼まれ事からだった。


　ある時、うちの賭場の常連の元山富雄社長から依頼を受けた。

　用件は当時白木屋の大株主になりおおせていた横井の債務の取り立てだった。戦後落魄した蜂須賀正氏元侯爵が、三田綱町の超一等地の千坪ほどの土地を当時の金で数千万円で売却した。それを聞いた東洋郵船の社長の横井が白木屋の株を買い集める資金にと蜂須賀に借金を申し出て三千万円を借りたが、その返済を一向にしようとはしなかった。その内に蜂須賀は死亡してしまい、債権を受け継いだ未亡人が訴訟を起こし、裁判では横井に二千万円の返済が命じられたが、横井は一向に取り合おうとはしない。

その一方、横井は箱根や那須に豪華な別荘を建てたり、かつての引き揚げ船を買い込み観光遊覧船に仕立てたりして、その資産価値は数十億になろうと言われてもいると。

それを聞いて、いかにもあいつらしいなと俺は思った。

場合によったら脅し上げて力になってもやろうと思った。

その日、腕の立つ舎弟の千葉一弘を連れ、懐に拳銃をしまって出かけて通された部屋には先客が三人いたが、俺が座るなり取り出した拳銃をテーブルに置いたら全員が仰天して離席した。

元山さんが「実は例の蜂須賀さんの件でうかがったのですが」と切り出したら、横井の表情が変わり、

「そんな話ならとっくに裁判で話がついているよ」

「いや、ついていないからこそ、こうしてうかがったんですよ」

「この俺から何か取ろうといっても俺の名義のものは何一つありはしない。要するに日本の法律は借りたほうに便利に出来ているんだよ。蜂須賀は俺を信用して貸したんだから、俺の言う通りにすればいいんだ」

それを聞いて俺も頭に来た。

「てめえ、それでも人間か」

「てめえとはなんだ。俺はお前らにてめえ呼ばわりされる覚えはないぞ。元山さん、あんた何でこんなチンピラを連れてきたんだね」

「いや、あんたはこの安藤さんに白木屋の株の件で借りがある筈だが」

「なんだ、見たような奴だと思っていたが、ヤクザなんてその時次第で敵にも味方にもなる安い奴だな。屑(くず)だよ」

言われて思わず、

「何いっ」

テーブルに置いていたものに手をかけたら、元山さんが、

「まあそう興奮せずに落ち着いて、折角のコーヒーでも飲んでゆっくり話し合ったらどうですか」

たしなめたので、手を収めたら座が一瞬静まり返った。続いた沈黙を破ったのは横井で、肩をすくめながら、

「まあ、そう興奮せずにコーヒーでも飲んでくれよ」

言って自分もカップを手にし、下品な音を立ててすすると、

「まったく、うちじゃヤクザの借金取りにまでコーヒーを出すんだからな」

再び肩を竦め吐き捨てるように言った。

その一言に俺はキレたのだ。

この男に一杯のコーヒーで蔑まれる覚えはなかった。

この俺とて一介のチンピラから伸し上がって今では少しは名の通った男になっているのだ。その俺と同じように無名無一文の身から這い上がって

きた男に、ある種の共感こそ抱いていたが、無理算段で掠めてきた金の多寡が違うことで蔑まれたなら俺の男としての自負が成り立たない。

ならばこの場で、この男をこの手で殺して俺という男を立てて見せてやろうかと思い、テーブルに置いてあるものに手をかけ直した。

しかし、その手を横にいた元山さんが慌てて取り押さえた。

それを見て横井が鼻でせせら笑って、

「お前さん本気かね。お前みたいなチンピラが俺みたいな名の通った経済人を殺したら、すぐに死刑か、まず無期だな。だから帰れ、帰れよ。そのほうが身のためだ、馬鹿はよせよ」

言われたら元山さんが手をかけ強く俺を制したので、立ち上がり、

「覚えていろよ」

捨て台詞を吐いて部屋を出てきてしまった。

エレベーターを降り、玄関ホールで立ち止まった時、何かが俺の体の内

で音を立てて崩れたような気がしていた。元山さんを先に送り出した後、俺は自分に強いて思い出したのだ。今のこの俺は昔、朝がけして押しかけ、場合によったら相手を殺してもいい、こちらも死んでもいいと覚悟して向かい合った時に震える手で酒を注いでよこした、あの尾津の大親分と同じじゃないかと。

しかしあの時、確かに何かが俺の体の内で崩れたのだ。

あの男にあの言葉を浴びせられ、俺を怯ませたものは何だったのだろうか。それは俺がこの今まで無視し、踏みにじってきた世才に違いない。言い換えれば、俺は俺が抱えている組織での立場に縛られ、この手であの男を殴り倒しもせず長らえさせたのだ。

そんな自分が歯嚙みするほど疎ましく許せぬものに思えた。

何故か寒気がし、体が小刻みに震えてしかたなかった。軽い吐き気まであった。それに耐えて俺は立ち尽くしていた。あの瞬間、俺はこの自分を喪いかけていたのだ。そしてようやくそれを取り戻していた。

俺は立ち止まり、向かい合ったままでいる千葉に、

「よし、このまま引き返してあの野郎をやっちまおう」

言ったら千葉が、

「それはやばいですよ。あなたはここにいてください、あいつは俺一人でやります。あなたが捕まってしまったら組はどうなります。俺一人でならどこへでも隠れられるし、外国に逃げてもいいんですから。あなたが直にやるのは絶対にやめてください。頼みますから俺一人で」

「そうか、わかった。そうしよう。その代わり殺すな。心臓は外して右側の肩にでもしておけ」

言いつけ、彼を送り出してやった。

この一件はその日の夕方大々的に報道され、事務所はガサ入れされ、俺

への逮捕状が出された。

その後、公衆電話から千葉の報告があった。

「間違いなくやりました。二発、あいつの右の肩と腕にぶち込みました。死んではいません。これで奴も懲りるでしょうよ」

それを聞いて俺は満足していた。これで俺の俺自身に対する沽券は保てたと思った。この代償がどれほど大きくとも、俺はあの尾津の大親分みたいに卑屈にはならずにすんだ筈だった。それは男としての俺を男として立てて支えているものへの忠誠の証しなのだから。

俺の逮捕に警察が手間取り難渋した揚げ句、俺の居所を俺の女たちの家に絞っているのはわかっていたが、それでも俺にとって好いた女たちは断ち難いものだった。

警察は俺の女関係を片っ端から調べてい、よもやと思っていた岸久枝にまで手が伸びていた。彼女は山口洋子や嵯峨美智子とは違って、全く無名の水商売にも関わりのない女だった。彼女は、特攻隊に入ってしまった俺にわざわざ会いに来て、手作りのおはぎを食べさせ、決して死ぬなと諭してくれた最初の女房のように、向こうから俺の懐へ飛び込んできた女だった。

あの出来事は女に関しての俺の考えを変えてくれたものだ。彼女との初対面は、町の片隅の洋品屋に俺の目を引いたネクタイがあったので立ち寄ったら、店の奥に彼女一人が店番をして立っていた時のことだ。地味な感じの小柄の、顔立ちのいい女だった。

選んだ品物を胸に当ててみせ、

「どうだい、似合うか」

質したら、

「そのお服には地味すぎません？」

「なら、どれがいい」

訊いたら、

「お客様なら」

まじまじ俺の顔を見直し、突然顔色を変えて、

「どれでもお似合いになりますわ」

「無理するなよ。この顔の傷じゃどれを着けてもなあ」

「そんな、でもそれはどうなさったんですか」

「昔、特攻隊の訓練でなあ。ひどい目に遭ったよ」

言った俺をもう一度まじまじ見直し、

「私の上の兄も沖縄で死にました。よく飛べない飛行機に無理に乗せられたそうです。そんなことがあるのですね。でも、お客様はよかったですわ」

彼女の目に浮かぶ涙を見て、俺は何故か後ろめたくて目を逸らした。

そんな縁で俺は次の夜、彼女を誘い出し、贅沢な飯に誘ってやった。あれは何と言おうか、無駄に殺されたというか、彼女の兄への贖罪(しょくざい)の気分でだったかもしれない。

俺と結ばれてからの彼女の一途な献身は、あの戦で死んだ兄貴への手向(たむ)けだったのかもしれない。

六月に俺は赤坂の丹後町に住む岸久枝に電話してみた。どう嗅ぎ付けたのか警察はつい先日、彼女の家にも踏み入り、家宅捜索したばかりなそうな。その直後ならば警察の目も甘い筈だと俺は踏んで出かけた。全くの素人の彼女と六年前にゆきずりに知り合い結ばれて、二人の間には三歳になる男の子がいた。アパートの表には当然刑事が張り込んでいたが、俺は裏口から忍び込んだ。

久枝の家にいる間、目と鼻の先にいる刑事を意識しながら飲む酒は妙に痛快な思いで、いつもと違う味がしたものだった。何も知らぬ三歳の子供は久し振りに会う俺に甘えて、しきりにどこかへ遊びに連れて行けとせがんだ。しかしこの子とその母親と次に三人して会う機会を想像することは難しかった。「パパ、遊びに行こうよ」と縋る子供を抱いてやりながら、俺はこの六年何もしてやれなかった親子に申し訳なさを強く感じていた。この子が大人になった時、今この子を腕にしている俺をどう思い出すことか、この俺のことを何と言うだろうかとつくづく思った。あれは生まれて初めて追いつめられたことでの俺にはそぐわぬ感傷だったかもしれない。

しかし間もなく外から連絡があり、もっと安全な隠れ場に移ることになった。

俺が逮捕され、多分それきり二度とここには戻らぬことを知りつつ、目に涙を溜めながら懸命に堪（こら）えて、

「あなた、体にだけは気をつけてくださいな」

俺の胸に縋って言う彼女を抱き締めてやりながら俺が感じていたものは、多分生まれて初めて味わう贖罪なるものの重い味わいだったのかもしれない。

久枝の部屋を抜け出した後、渋谷でバーを経営していた田村好人の広い屋敷に移った。そしてそこの近くに住む若い愛人の田村秀子を呼び寄せた。まだ二十二歳の秀子は元日劇ダンシングチームのメンバーで、俺と知り合ってから踊りはやめてしまっていたが、俺の愛人ということですでに家宅捜索を受け、俺の賭博に関する人名簿やあがりメモを押収されていた。が、買い物に出るふりをして俺の手下の車に隠れて乗り込みやってきた。

そうやって警察のうるさい目をくらまして綱渡りみたいにするデイトは互いに興奮をそそり、行うセックスは刺激的だった。あれは死にかけた末期の人間の目に、当たり前の景色がとりわけ綺麗に見えるという一種の倒錯の結果かもしれない。

警察の目をごまかして転々と放浪する経験はまたとないもので、俺の第三の人生とも言えそうな新しい張りがあった。中でも俺が愛した女たちの誠意は厄介な出来事の最中だけに如実に身に染みて感じられ、今までのそれとは次元の異なる男と女の繋がりを感じさせてくれた。

とりわけ世間にすでに名の知れて通った、後に直木賞を受賞する作家の山口洋子や女優の嵯峨美智子などは指名手配された俺を匿ったことが知れれば致命的なことにもなったろうが。

特に嵯峨と過ごした数日はまるで新婚の二人のハネムーンのように濃密なものだった。少女みたいにか細い体の彼女が俺の前で一糸もまとわぬ素っ裸で料理を作ったり、着替えを手伝ってくれたり、それはまた堪らぬ色気で俺の目をそそってくれた。

あれは昔、俺が彼女の命を救ってやったことへの恩返しでもあったろう。

以前、彼女は病魔に冒され、加えて俺が止めたのに常用していた薬のせいで痩せ細り、心臓が衰弱し、瀕死の状態だった。彼女は何日もの間、四十度を超す高熱が続き、意識が混濁してうわ言を口走る有様だった。

俺は彼女の死に水を取ってやるつもりで病院を手配し、かかりきりで看病し、厄介な病の治療の費用は全て肩代わりしてやったものだった。あれは何かに選ばれた男と女の関わりの業のもたらした出来事と言えたのかもしれない。

そして彼女は肉体的に立ち直り、女優として復活した。

しかし彼女との深い関わりも俺の多情な女癖のせいで破綻してしまった。

俺が京都の祇園の芸者の愛みつと懇ろになり、それが嵯峨に漏れてしまい、ある時、嵯峨が彼女のマンションの部屋に無断で入り、置いてあった愛みつの大切な三味線をずたずたに壊してしまったものだった。

そんな激しい気性の嵯峨だったが、俺が隠れていた彼女の部屋から警察を逃れて他所（よそ）に移る時、わざわざ俺の顔の傷を傍目（はため）に目立たぬよう撮影用のドーランで厚く化粧してくれたこともあったが。

こうした思い出はことさらののろけではなしに、俺にとって欠かすことの出来ぬ女たちとの関わりもまた、組の舎弟たちとの関わりと同じように、俺の暴力絡みの人生に欠かすことの出来ぬ真実なのだ。

いずれにせよ、人間は切羽詰まれば何でも出来るということだ。

この間、当局は殺人未遂容疑として俺たちの逮捕状を取り直し、全国指名手配に切り換えた。ということで俺としては東京脱出を決心した。

手下のある者は香港への脱出を建言してきたが、俺がこの国を留守にしている間の仲間たちのことを考えると、それは無責任に過ぎると思った。

そしてある仲間が葉山に借りているパンナム所有の別荘に隠れることに決めた。アメリカの会社の看板が出ている別荘なら当局の目は届きにくいと踏んだのだ。

しかし、俺が家を出てから取り調べを受けた田村好人が、俺が葉山の別荘に潜んでいることを自白してしまい、俺の事務所に詫びを入れたそうな。

「サツは明日の朝にもそこへ踏み込むかもしれません」

という報告に、俺はさして動じることもなく、

「来たら来たままでのことだ。それまで暇つぶしに将棋でも指して過ごすか」

言って連れの島田宏を促し、二階の部屋で向かい合った。

将棋が終盤に差しかかった頃、家の周囲にただならぬ雰囲気が漂った。窓から覗くと家の外に四、五十人ほどの警察官が犇（ひし）めいていた。その内に下の玄関で「こんにちは」、女の声がした。

警察はいきなり踏み込むのを避け、近所の奥さんに声を掛けさせたのだった。

島田がドアを開けると待ち構えていた刑事が、

「警察の者だが、あんたは誰かね」

「俺は島田だ」

玄関の様子を無視して座ったままでいた俺の目の端に、三人の顔が並んで現れた。二人は警帽を被り、一人は私服の刑事だった。

俺は彼等に背を向けたまま、

「入れよ。何も持っていないから入れよ」

言ったが、入ろうとしない。

俺が拳銃を持っていると思ってか、居丈高に、

「いいかっ、武装警官が取り巻いているのだ。神妙にしろよっ」

それを聞いたので俺はわざと大声で、

「ようし、それなら一丁ぶっ放すかあ」

叫んだら、それを勘違いしたのか一斉に雪崩れ込み、手にしている拳銃を押しつけた。

「馬鹿め、こうして神妙にしてるじゃねえか。がたがたするなよ」

言いながら、俺は手にしていた将棋の駒を盤の上に放り出した。

「見ての通り、裸だよ」

だが、警官は脂汗を噴き出しながら、

「おいっ、拳銃はどこだ」

「そんなもの持っちゃいないよ」

言ったが、他の警官が戸棚からそこら中を探し回っていた。そして新規の警官が声を張り上げ、

「安藤、逮捕状だ」

「わかっているよ。そう急がずに待っていろよ。今着替えをするからな」

そして傍らの島田に冗談めいて、

「おい、どうせなら、せいぜいオシャレをして行けよ。武士の嗜(たしな)みだからな」

俺は真新しい下着に仕立て下ろしの紺の背広、チェック柄のシャツ、ブルーのストライプのネクタイを締めて手錠を受けた。

それから葉山警察署、さらに神奈川県警から護送車で東京へ向かった。

臨時ニュースで聞いたらしく沿道には見物人が溢(あふ)れていた。

桜田門の警視庁前には五百人ほどの野次馬と報道陣が待ち受けていた。

車から降りた途端、カメラマンたちが俺を取り囲んだ。口々に「もっとゆっくり歩いてくれ」「こっちを向けよ」、それには応えず俺は黙ったまま取調室までの百メートルを十分もかかって歩いた。その間、一度だけカメラに向かってにっこり笑ってみせた。あれは山口洋子との約束だった。

「もし捕まったら、その時は私に向かって笑ってみせてね」

と彼女は言ったのだ。その約束を俺は果たしてやったのだ。あれは俺たちの別れの儀式だった。

一方、俺とは別に、横井を撃った千葉は逮捕され、俺に義理立てして黙秘を続け何も喋らず警察も手を焼いていたが、ある時、俺と親しかった稲川会の中国人幹部の趙春樹に伝言を託し、こうなった限り俺も全て隠さず喋るからお前もありのままを喋っていいぞ、と伝えてやった。

こうして横井襲撃劇の詳細は表に出た。

その年の十一月に俺は小菅から巣鴨の東京拘置所に移され、暮れの二十五日、東京地方裁判所の法廷で判決が言い渡された。求刑は十二年だったが、殺人未遂、銃刀不法所持、賭博開帳の罪で懲役八年、横井を撃った千葉は懲役六年、花形は殺人未遂幇助、監禁暴力行為で懲役二年六ケ月と相なった。

横井英樹襲撃事件で逮捕され、警視庁に入る。

これで俺の率いる組は半ば崩壊したことになった。しかし未練はなかった。財力を笠に着てのさばる奴等に一矢報いたことへの世間の喝采とまではいかぬが、密かな共感を俺は覚えていたから悔いはなかった。

むしろ、これからの刑務所暮らしの退屈をどう凌いでいくかが問題だった。

俺の留守中に俺の築いたものがどうなっていることやら。

出所の早かった花形は俺を欠いた組をなんとか立て直していこうと腐心したようだ。彼は自分の成果への反省もあってか、みんなに喧嘩は絶対にするな、すると俺の仮釈放がもらえなくなる恐れがあるからと言い渡した。それが若い者たちの反感を買ったようだった。

活力を失ったうちの組の隙に、テキ屋の武田組や博徒の落合一家が勢力を伸ばしてきた。それに加えて極東会、松葉会、住吉一家たちが侵食してきて、混乱を極めてきた。

そのごたごたの仲裁に、右翼の大立者の児玉誉士夫やその配下の韓国人の町井久之の率いる東声会も侵食を始めてきた。

そうした混沌状態の中で、花形配下の若い者が東声会の町井の若い者と喧嘩して日本刀でめった斬りにし、半殺しにしてしまった。その後始末がこじれ、組織対組織の対立となってしまった。加害者のこちらから何の挨拶もないことに東声会側は激高してしまった。

その夜、花形は代々木の旅館の二階で開かれていた賭場に顔を出した後、佐藤昭二、細田健の二人の子分を連れて飲み歩いた。酒を飲んでも顔に出ない彼の顔色を気遣って、

「花形さん、もうほどほどにしたほうがいいですよ」

言った甲斐もなく、「うるさい」と撥ねつける彼がおとなしく黙ってい

ると、佐藤が、

「例の東声会との一件もまだ片がついちゃいない。気をつけてください
よ」

「わかってるよ」

「花形さん、今夜は車は置いていってください。私が送りますから」

「そうするかな。ところで、どこかで人形を売ってる店はねえか」

「え、人形ですか」

怪訝に問い返す相手に、

「そうだ、人形だよ。子供の抱く人形よ」

思わず顔を見合わす二人に、

「今日は子供の誕生日なんだ」

傷だらけの顔を綻(ほころ)ばせて言う彼に、二人はまた顔を見合わせたものだっ
た。

「咲子の三つの誕生日に乾杯だ。俺の顔を見ると、朝からパパ、パパってうるさくって寝てられねえぜ」

言ってグラスを掲げてみせる花形の思いがけぬ素顔に、二人は改めて驚かされ、グラスを合わせた。

娘の咲子は二度目の妻との間の子で、前妻の千鶴子は彼が服役中に愛想を尽かしてアメリカ人の二世と駆け落ちして逃げてしまっていた。そのせいもあって花形は初めての子供を溺愛していた。ガード下の露店で人形を買った後、帰りを急ぐ花形を追ってくる二人に、

「社長も仮釈放のための面接がかかったそうだ。仮釈放で帰ってきたら俺は少し休みをもらって子供を連れてどこかに旅行させてもらうぜ。さて、いつになるかな、オリンピックの後か先かな」

大分酒が回って足元の覚束(おぼつか)ない彼を見て、

「花形さん、やっぱり俺が送っていくよ。そんなに酔っていちゃ危ない

よ」

細田が言ったが、

「なあに、酔っちゃいねえさ」

人形を抱き締めたまま図体の大きな彼は小型のルノーに乗り込んだ。そのままエンジンを吹かす花形に、細田がもう一度、

「本当に気をつけてくださいよ」

声を掛けたが、そのまま勢いよく走り出してしまった。

多摩川を渡った先の住まいの前に花形が車を止め、エンジンを切って子供への土産の人形を抱えて車から離れようとした時、隣に止まっていたトラックの陰に隠れていた東声会の小倉と手下が背後から彼を挟み込むようにして近付いた。

小倉がわざと穏やかに、「花形さんですね」と声を掛け、

「そうだよ」

答えた瞬間に二人が同時に手にしていた細身の長い柳刃の包丁を突き立てた。

包丁は柄（え）まで深く花形の体を突き通した。

「畜生、やりやがったな」

呻きながらも子供への土産の人形を抱えた彼は右の手で胸の肋骨の間に突き刺さった包丁を引き抜いた。

血だらけの包丁をかざして、

「おまえら……」

再び叫んで踏み出してくる花形の形相（ぎょうそう）に、小倉たちは腰を抜かし這って逃げ出した。

血だらけの花形は力を振り絞って彼らを追いかけたが、二百メートル先で力尽きて絶命した。

こうして俺は不在の間に花形というかけがえのない男を失ってしまったのだった。粗暴だが、内には緻密な感性を備えたあの男はうちの組織の看板獣とも言えた。そして、その荒々しい獣を調教出来るのはこの俺でしかありはしなかった。ふたりの関わりは人間という複雑で実は緻密な生き物の関わりを暗示していたのかもしれない。

この俺と稲川組の組長稲川聖城さんとの間柄も端から見れば不思議なものだったかもしれない。俺が世の中に出て少しは名前が通るようになった頃から稲川さんにはことさら目をかけられ、折節に引き立ててもらったものだった。

俺が前橋刑務所に入っている時も二度もやってきてくれて、

「自分のような素性の人間が直に会ったりするとお上の心証を悪くしかねないから、ただここへ来たとだけお伝えください。あれは男気一本で決して悪人ではありません。くれぐれもよろしくお願いします」

所長に挨拶して帰ってくれたそうな。

俺が出所してすぐに熱海で出所祝いもしてくれ、過分な祝金も包んでくれたものだ。その傘下の三本杉一家とのごたごたは皮肉なことだった。

ある時、組の幹部一同が集まり、稲川会長率いる錦政会（稲川組）傘下の三本杉一家との対立を今後どうするか相談することになった。

俺が出所してきたことで、渋谷での三本杉一家との対立がますます激しくなってきていたのだ。俺はまだ熱海で静養中で、その席には不在だった。

会議の結論は、限られた渋谷の土地でこれ以上抗争を続けても決着はつかない。三本杉一家と一度突っ込んだ話し合いをするしかないということだった。

幹部の矢島武信がすぐに三本杉一家の中原隆に電話を入れた。

矢島は二対二での話し合いを提案したが、相手はそれを撥ねて、一対一と主張し、結局は二対二での話し合いになった。約束は土曜日の午後、神宮外苑のレストラン『外苑』での会談に決まった。

矢島は会談には西原健吾と二人で出向くことにした。西原は念のために拳銃を忍ばせようとしたが、矢島が、

「互いに素手でと約束したんだ。話し合いの前に体を探られたら、それだけで話が壊れちまうからよせ」

と制して二人とも丸腰で出向いて行った。

『外苑』は晩秋の夕暮れ時で人影も少なく閑散としていた。待ち合わせの二階の部屋に入り、客の姿のない部屋の奥のテーブルで相手を待った。丁度六時に中原がやってきた。中原は西原の姿を見ると踵を返し階段を下りて行き、外にいた子分の桜井を呼び寄せた。

四人で向かい合った時、矢島は中原の連れの左の胸が盛り上がっているのを見て、彼が刃物を隠し持っているのに気付いた。

こちらは事前に西原を制して丸腰で来ている。

西原は中原の上着の左胸に目をやり確かめたが、前に他の店で交渉した時にこれ見よがしにしていた胸に吊るした拳銃の膨らみはなかったので、相手は丸腰と判断してしまった。

そこで話し合いが始まったが、両者が以前交わした領域を不可侵とする約束が反古（ほご）にされていることに互いに苛立（いらだ）っていた。特に中原は以前自分が拉致されそうになったことに頭に来ていた。

矢島が、

「これまでのケリをどうつけるんだ。こちらは怪我人も出ているし、このままでは収まらないから、こうして出てきているんだ」

西原も語気鋭く、

「これからは共存共栄と言い出したのは、そっちじゃないか」

しかしそれまで低姿勢だった中原が突然声を荒らげて、

「そうは言っても、この俺はつい昨日、そちらの手の奴等に因縁つけられて攫われそうになったんだぞ。その落とし前はどうつけるつもりなんだ」

「それは手前の落ち度だったんじゃねえか。そう聞いているぜ」

「あれは後ろでそっちの誰かが唆してやらせたんだ」

「馬鹿言え」

と罵り合いで埒が明かずに、その内、中原が居直ったように、

「まあ、お前らが渋谷から出ていくんだな。大将もぱくられて先の見えたお前らがよ」

「なんだと、それはお前の考えか、それとも組の考えか。それによったらこちらも出方を考えるぞ」

「そんなこと、どっちでもいい話だよ」

嘯いてみせる中原に頭に来た矢島が、

「お前ら、話に来たのか、それとも喧嘩を売りに来たのか」

問い詰めたら、

「話をつけたけりゃ、お前らが渋谷から出ていけよ」

さらに嘯く中原に矢島と西原が激高して、思わず立ち上がろうとした時、レストランの周りで待機していた三本杉一家の子分たちがどやどやと二階の部屋に踏み込んできた。

それを背にした中原が、

「てめえら、もう渋谷から出ていけ」

と叫び、

「何いっ」

矢島が立ち上がりかけた時、中原の連れてきた相棒の桜井がいきなりコートの下に隠していた柳刃包丁で矢島の頭に切りつけてきた。激しい痛みが走り、思わず崩れ落ちてなお立ち上がろうとする彼の顔の目の下を次の一撃が殺いで過ぎた。

それを見た西原は激高して立ち上がり、目の前のテーブルに手をかけ引っくり返そうとしたが、その時に西原の斜め前にいた中原が隠していた三十八口径の拳銃を取り出し、引き金を引いた。一発目は西原の腹に食い込み、二発目は彼の喉から肩に抜けた。

「畜生っ、汚ねえ」

叫びながら西原はその場に崩れ落ちた。三本杉一家はかねて西原を狙っていた。國學院大学で空手部主将を務めた西原は空手の名手で、白昼人目に付く場所での喧嘩で敵う者はいなかった。拳銃を携えて武装した殺人部隊でも手に負えぬ、厄介な相手だった。

それが除かれたことで、花形を失ったことも合わせ、うちの組の迫力は大幅に失われてしまったのだった。

その年の十一月九日、肌寒い雨の降る日に西原の葬儀が彼の自宅で行われた。俺が座敷に入ると組の幹部たちが西原の仇討ちに殴り込みをかける相談をしていたが、俺はそれを宥めて止めさせた。何故か今さらという感慨が強かったのだ。

俺がその前日、西原の故郷の福岡から駆けつけてきていた彼の母親と対面したのは、葬儀の準備や何やで忙しく葬儀の座敷でが初めてだった。祭壇に飾られた彼の遺影はまだ子供っぽさを感じさせる、あの屈託のない、明るく人懐っこくにこやかに微笑んでいる、胸を打つものだった。あの明るさが彼の強さを知らぬ者たちをすぐに魅了したのだ。

出棺を前に最後の花が入れられ、棺に蓋がされる寸前、眠っている彼の顔が見えた。その顔には傷もなく、穏やかな寝顔の下の首筋を弾痕を隠すために白いガーゼが覆っていた。あの時、俺は初めて彼の死に顔を見たのだ。そのガーゼの白さが俺の胸を打った。

「こいつを殺したのはこの俺だ」

と強く思った。思いながら、こぼれ落ちそうな涙を懸命に堪えた。

死に顔を見せるための窓の蓋が閉じられようとした時、今まで耐えていた母親が棺の蓋を撥ねのけ、花を掻き分け、「健ちゃん、健ちゃん」、息子の名を叫んでその頬に頬ずりしたのだ。そして叫んだ。

「お前、どうしてこんなことになったのよ。お母さんだよ、わかるわね。可哀そうに痛かったろうにね」

身を捩って泣き叫ぶ母親を、誰もが声もなく身を固くして見守るだけだった。

気がつくと俺の体は震えていた。自分が何かしてはならぬことをしでかしてしまったような気がしていた。そして俺は初めて何かに怯えていた。この今の俺なら誰でもその手で殺せるような気がしていた。

出棺の時が来ても彼女はなかなか棺から離れようとはしなかった。組の幹部たちは困って俺を目で促してきた。後ろから肩を抱いて促す俺を、泣

き腫らした目で振り返ると彼女は俺に取り縋り、訴えるように、

「子供が親より先に死んでしまうなんて、こんなこと誰が許してくれるんでしょうか」

俺は真っ向から切り裂かれたような気がしていた。そしてもの凄く独りきりの気がしていた。西原は、刑務所まで訪ねてくれ釈放祝いまでしてくれた稲川会長の率いる錦政会の下部組織に殺されたのだ。こんな筋の通らぬことがあっていいのか。その暗く黒い渦の真ん中に俺がいるのだった。

火葬場に着いて炉の扉が開き、いよいよ彼の棺が中に差し入れられそうになった時、西原の母親がまた棺に取り縋り、「この私も一緒に焼いてくれ」と叫んだ。俺はそれを強引に引き離し、土間に両手を突いて土下座して叫んだ。

「お母さん、許してくれ、俺が悪かった。こんなことは二度とさせません。組は解散します。どうか許してください」

周りは一瞬水を打ったように静まり返った。誰もが耳を疑ったろう。どう考えても俺の組が組として立っていくには、この先、血で血を洗うような戦いを続けるしかあり得なかった。

その夜、俺は妻のゆみ子に、

「俺、組をやめるつもりだよ」

一言打ち明け、

「そうですか」

彼女も一言、頷いてくれた。彼女にしても万感胸に迫るものがあったろう。この二十年間、俺の身の回りの男たちが死んだり傷ついたり、嘆いたり悲しんだりするのを、女の目で見届けてきた苦労は並のものではなかったろう。それがこれからはなくなったことで、今までの心労に少しは報いられるような気はしたが。

組の解散式は渋谷の千駄ヶ谷区民講堂で行った。

千駄ヶ谷区民講堂で行われた解散式で声明文を読む。(写真提供／共同通信社)

組を解散した後のこの身の処置については周りにいろいろ憶測があったろう。稲川会長からの引きもあったが、俺には他人の下について世話になるつもりは毛頭ありはしなかった。第一それは俺の男としての生き様に合うものでありはしない。

引退した後、ある週刊誌に載せた俺の自伝が映画化され、大当たりしたのがきっかけで心ならずも映画に俳優として出ることにもなった。これはいい実入りになったのでずるずる居座ったが、映画は所詮作り事で命を張っての緊張がある訳でもなし、誰かが言っていたが男子一生の仕事と思えもしなかった。

それにしても俺が死にもの狂いで生きてきた世界の焼き直しの作り物が世間であんなに受けるというのは、人間の本性の裏側に暴力という禁忌なエネルギーへの渇仰(かつごう)が在るに違いない。

　それは場合によっては人生の終着の死にも繫がるが故に、恐怖の代償として宛がわれるものかもしれない。死を恐れぬ人間がいる訳はないし、押さえ切れぬ衝動に駆られて死をも凌駕(りょうが)して体現される理不尽で不条理な暴力という行為が既存の黙約を超えて体現される時、常人は戦慄(せんりつ)しながらも己の内に潜在していた願望の露出に驚きながら、拍手喝采もするのだ。

　いわゆる裏社会に普遍している非合理不条理な出来事の多くは暴力に彩られているが、それが完全に忌避されぬ訳は俺の出た映画というちゃちな作り物にも人気が集まることが証していると言えそうだ。

　俺が引退した後に出た映画のせいでの人気なんぞ、これまでの命懸けの綱渡りへの喝采の余禄でしかありはしない。

　人生はラグビーのボールだとも言うが、地面に落ちた時、どっちに跳ねるかわかったものじゃない。俺がつくった安藤組はヤクザの組織とは違って愚連隊の集まりだから、ヤクザのような仕来り（しきたり）は一切ありはしなかった。俺と舎弟たちとの繋がりは口頭での繋がりだけで盃を交わしたりもせず、ヤクザとは全く違っていた。それが弱みでもあり強みでもあった。

それに俺は舎弟たちに入れ墨は一切させなかった。何かの落ち度で指を詰めるなどということもさせなかった。着る物も並の勤め人と同じにさせていた。その仕来りが不良の学生たちには馴染みやすいものに見えたろう。


ある時、知り合いのある会社の幹部が上司と意見の相違で喧嘩して、愚痴をぶちまけにやってきたことがあった。

「それなら会社をやめたらいい」

と言ったら、

「いや、先の就職先が決まってないからそうはいかない。決まっていればすぐにでも辞表を叩きつけてやる」

と息巻くので笑って宥めてやった。聞いて人生の保険に縋るそいつの姿勢が歯痒く腹が立った。無鉄砲にケツをまくり居直るのは利口とは言えないかもしれないが、俺は今まで人生に保険をかけたことなどありはしなかった。時代の変化の中で新旧組織の対立と入れ替わりの混乱の時代に、ただがむしゃらに前に進むだけでこの身をどうするかなど考えもしなかった。

仮釈放された時、警察から出所祝いをして金を集めたりしたら再逮捕すると脅されていたので金銭的には底を突いていたが、西原が死んだ時にお母さんの前で誓った通り組は解散してしまった。人は無謀とも言うかもしれないが、次という受け皿を構えて行動したことなどありはしない。それが俺の人生の流儀だった。人生というものは保険などかけなくてもなんとかなるものだ。それは当人の気概次第に違いない。

金についても俺は俺の流儀を通してきた。イソップの寓話の蟻とキリギリスじゃないが、俺はキリギリスだな。稼いで使うよりも、使うために稼ぐという姿勢が五十過ぎた人間なら相応しいのではなかろうかね。金は墓場まで持っていけないが、借金だって持ってはいけないんだから。

あれは俺の人生の中でのたった一度の歴然とした敗北だった。この齢になってみると人間というのは誰しも所詮一生通じて独りという気がする。独りで生まれ、独りで生き、独りで死んでこの世から消え去る。俺が愛して抱き締め、俺だけのものと信じて離さなかった女たちも、皆それぞれの人生の中で俺を愛し愛されたつもりで、皆最後にはそれぞれ消えていった。ただ妻のゆみ子だけは最後の最後まで俺に付き添い、見取ってくれた。まだお下げ髪の少女の頃、俺に付け文までして迫り、俺が特攻隊に志願したと聞いておはぎの差し入れを手にして久里浜までやってきて、死ぬなと言ってくれたあの子だけが俺の一生を見取ってくれた。

俺にとっての女は思い返してみれば沢山いた。しかし俺からのぼせて追いかけた相手は余りいなかった。それはこの俺が女の盲点をついたような奴だったせいだろう。手前の一点張りで危なくて見ていられない人間ってのは目が離せない。しかし気になる、それが人間の常だろう。

特に女にとっての男は。ある種の保護本能という奴か。しかし俺はそんな女に甘えて縋ったことはなかった。別に非情という訳じゃなしに、俺が男としての道を通すためになら女に執着することはあり得なかった。

女に限らず人生にはキリというものがある。それを心得ずに過ごすと悔いを残すことになる。後になっての悔いというのは未練の証拠だろう。もう少しとか、いやまだまだ、というのは自分にはっきり向き合う度胸の不足と言えるだろう。

俺の人生には女についても後悔はなかったと思う。刑務所を出てすぐに組を解散したことにも何の悔いもなかった。ただこの俺のせいで、これ以上若い者たちを殺してはならぬとしみじみ思っただけだ。

どんなに深い縁があったとしても、俺の人生と彼等の人生が重なり合っている訳はないんだ。重なり合って同じ瞬間に極め合う男と女の仲にしても同じことだ。

人間の価値というのはそれぞれが違うということだ。だから人それぞれの人生があり得る。だから俺は何に構うことなく自分が望むままに俺の人生を自分で選んでいた。気に入った上着を高い金を出して着込むように、そしてそれは一番俺に似合っていた筈だ。たとえそれを他人が無頼と呼ぼうともだ。

この齢になって昔を振り返ってみると、俺の波乱な一生に女房を含めて女たちの存在は欠かせぬというよりも、ある時は俺の生死を左右したと言えそうだ。女房を含めて俺の女たちは誰しも裏切りはしなかったし、際どく支えてくれた。のろけて言うつもりはないが、それは彼女たちが俺の際どい生き様に女ながら共感してついてきてくれたからだと思う。

そうした結びつきは体での繋がりを超えた本物の男と女の結びつきに違いない。事によったら彼女たちも刑罰を食らったかもしれないのだから。それは事によったら内助の功などではくくれぬ奉仕だった。

自惚れて言うつもりはないが、彼女たちの献身は、無頼だろうと常軌を逸していた俺の生き様への共感のエールに他ならなかったと思う。まあ思ってみて、俺みたいな生まれつき粗暴な者が多分人間なら誰にでも潜む暴力への本能に駆られるまま、それに甘んじて生き抜いてきた男は珍しいかもしれない。つまり俺は暴力を背景にした舞台で一途に踊る珍しい男で、彼女たちはそれについ魅かれ、引きずられ、端から見れば一生を誤ったのかもしれない。しかし有り難いことに彼女たちの誰も俺との関わりを後悔はしていなかったと思う。

思えば俺の一生というものは並の人間たちとは違ったものだった。成人してから脂の乗り切った俺はいつもハジキか女を抱いて寝るような生き様だった。いつも惚れた女のいない人生なんてこの俺には考えられない。そんな人生なんて何の感動もありはしまい。惚れた女の存在だけが男の人生を彩ってくれるのだ。

女のことを「色」とも言うが、女こそ男の人生の彩りなのだ。あの俳句の名人の芭蕉のような渋さに徹した男でさえ「万婦ことごとく小町なり」と言っていたそうな。

今まで俺が辿ってきた生きるか死ぬかの人生の張りが解けると、精神の緊張がとれた代わりに今度は肉体のほうが緩み出し、俺は生まれて初めて自分の肉体に不安というか限界のようなものを感じるようになった。そのきっかけはハワイに滞在中、眩暈(めまい)がしてよろけて倒れたことからだった。救急車で運ばれた病院で身元を調べられ、そのせいで以来、アメリカ行きのビザの発給は禁止された。

日本に戻り病院で精密検査を受け、この体にかなりガタが来ているのがわかったので何かと繁雑な用事の多い東京を離れ、昔の関わりたちと滅多に会うことのない島を選んで住み着くことにしたのだ。昔逮捕された時に潜んでいた葉山の家は海に近く、東京のどことも違う安らぎがあったのを思い出し、探した末に伊豆七島の八丈島を選んだ。そしてそこに小広い釣り人相手のホテルを造り、ホテルの親父として海を眺めながら過ごすことに決めた。今までの俺に比べれば自分でも驚くほどの転身だった。

しかしそれは振り返ってみれば今までの桁外れの人生に比べれば、いかにもまともな俺の姿とも言えたろう。そこで生まれて初めてこの俺は周りを見回すこともなく、一人で伸び伸び息をして背後を気にすることもなく歩き回ることが出来るようになったのだ。

誰の人生にも他人とのさまざまな関わりがあろうが、所詮人間は独りで生まれ、独りで死に、独りで立ち去り、そしていつかまた独りで戻って来るものじゃないかね。

オリンピックのマラソンで三位に入り、日の丸を掲げてくれた円谷幸吉選手は次への期待が大きすぎ、とても自分には無理だと自殺してしまったが、何も死ぬことはないじゃないかと。

世間は彼の体の限界を知らずに一方的な期待を寄せて彼を死に追い込んだことも忘れてとやかく言ったが、世間というのはいつも身勝手で得体が知れず残酷なものだ。俺のようにヤクザな人生を生き抜いてきたような人間なら、ふざけるなとケツをまくれるが、並の人間は皆世間に押し切られてしまい、悔いを残す。

俺は今悔いなんぞどこにもありはしないし、世間に振り回されたことなんぞありはしなかった。だから今さら何の後悔もないよ。誰よりも気安く死んでみせられると思う。

　とにかく、あの戦争というでかい出入りに惨めに負けてしまった後の何もかもめちゃくちゃな世の中に放り出されて、ついこの前まで特攻隊で死ぬ訓練をしていた若造が、手前で手前を支えて生きていくにはただ体を張るという道しかありはしなかったから、迷うも迷わぬもありはしなかった。だから後悔も迷いもありはしなかった。夢中で険しい崖をよじ登ってきて高みに取りついて、今来た崖を振り返り、見下ろしてみて、手前でほっとし、手前で感心してみるみたいなものさ。

　思い返してみれば、十九歳で特攻隊に志願した時、俺の人生は終わったと覚悟したな。終戦を迎えて後の人生は余禄だと思った。顔を切られた時、これで一生をヤクザで終わると腹を決めたよ。前を見つめながら一直線に必死で走ってきたつもりでも、ふと立ち止まり、振り返ってみると、その曲折に唖然とさせられるな。生きようとして叶わず、死のうとしても叶わず、己の知らぬところで運命は決まっていくものなのだなあ。

俺の座右の銘は柄にもなく「心善淵」。「心、淵を善とする」だが、つまり変化する速い川の流れの中で深く澱(よど)んで静かな淵がいい、深く澱んで静かな川の淵のようになりたいものだが、この齢になっても俺はまだまだ血が騒ぐんだ。

しかしこの俺も年齢を重ねて今では九十に近い齢になってきた。八十代になった頃の俺はまだ手下の若い者たちと一緒に博打に興じたりゴルフをしたりしても見劣りはしなかったものだが、数年前アメリカで軽い脳梗塞を患ってから、いかんせん体の力も気力も以前とは格段に差がついてしまい、老いることの忌ま忌ましさを託(かこ)つこの頃だ。

思い返してみれば俺の今までの人生はいかにも波乱に満ちた、いつもすれすれの物事の連続だった。それを切り抜けてこられたのも、あの女たちのように愛してくれた舎弟たちのお陰もあった。

あの仲間たちは俺を愛して尽くしてくれた女たちよりもはるかに懐かしい。この俺に渋谷に根を下ろすきっかけをつくったあの闇の食券を売っていた須崎や、仲間内ながらのいざこざで果たし合いまでしていた石井やその宿敵みたいな、舎弟の中では際だって存在感のあった、あの札付きのプロレスラーの力道山も一目置いて避けていた花形、そして俺にとっては弟のように可愛かった西原の健坊こと西原健吾、彼等は皆俺の人生を命懸けで際どく支えてくれたものだが、皆敢え無く敵の手にかかり死んでしまった。

そしてこの俺だけが今まで生き延びて過ぎた年月がもたらした孤独の中で、今さら他にする術もなく懐旧の渦の中に閉じ込められているのだ。それも一種の宿命とでも言うべきことか。

長い後書き

　晩節の私が今さらこんな本を書いたことに世間は顰蹙するかもしれないが、肉体派の私にとって死を背景にした暴力なるものは、目を背けることの出来ぬ人生の主題だった。人生の過程にはさまざまな戦いが待ち受けるが、それを克服するためには時には理不尽な力を行使しなくてはならない。それは理性の範疇(はんちゅう)を超越した行為によってのみ達成され、人はそれを理不尽な行為と見なし、暴挙とも呼ぶが、その行為によってしか達成されぬ事柄が、この世には横溢(おういつ)している。

　私自身も政治の世界で我慢ならぬ金権の支配に反発して暴挙とも呼ばれた戦いを挑んでもきたが、それがもたらした敗北に後悔はなかったし、ある種の清涼感さえ覚えた。

　とても及ばぬ何かの強い力に反発して立ち向かうという人生の劇には事欠かないが、その試みは己の存在感を向上させてもくれる。

　私は海という絶対的な力を持つ存在を相手に戦うヨットレースで何度か「死」を賭して戦い、勝ち残ってもきたが、海との戦いに勝つために自分が振るった力は「死」を背景にしているが故に発揮出来たものと確信している。

　それは私自身を超えた力だが、日常安易に発揮出来るものではありはしない。世の無頼な徒が、日常目の届かぬ闇の世界で繰り広げているという血腥(ちなまぐさ)い出来事の意味合いにも、普遍すれば我々の日常に当てはまり得るものがあるような気がする。

私が安藤昇という男の生き様に興味を抱いたのは、誰しもが既存の体制に反発する私の青春時代に、戦後の新しい風俗の一端として登場してきた反社会的な勢力としての新興の無頼なグループの代表的な人物として君臨した、後述するが、思いがけぬ接点のあった安藤昇という男の暴力に裏打ち彩られた生き様に、人生における人間にとっての暴力という誰しもが潜在的に嗜好する、否定しきれぬ極めて人間的な属性の意味合いを感じぬ訳にいかなかったからだ。

実はこの私は安藤昇なる男が主宰していた安藤組なる暴力組織と今思えばいくつか不思議な関わりがあったのだった。

そのある物は人間社会ならではの偶然がもたらす出会いだった。

その一つは安藤組の言わばエースともいえる、あの力道山が避けていたという、凶悪無類という噂の花形敬との出会いだった。二十代の終わり、天から降ったような経緯で東急の五島昇社長と日本生命の弘世現社長に見込まれ、私が発案して誕生した日比谷の日生劇場を任されていた頃、同僚の浅利慶太と企画の打ち合わせで渋谷の一角の地下にある閑静なバーで飲んでいた時、カウンターだけの小体な店だったが先客が一人だけいて、ソフト帽を被ったその男はカウンターの隅で一人で瓶ごと取り寄せたウイスキーを手酌で飲んでいた。

その内こちらの話は終わり、話題が当時渋谷で幅を利かせていた安藤組になり、その中の無類に強いという花形なる男になった。そうしたらお喋りでおっちょこちょいのマスターが胸を張って、

「冗談じゃありませんよ、あんな奴等をこの町でのさばらせていい訳がない。花形だか何だか、面を見たいね。ヤクザを怖がる力道山も情けないよね。花形なんて来るなら来てみろってんだ。入り口で塩を撒いて追い返してやるよ」

粋がって叫んだら、カウンターにいたソフト帽の男がゆっくりこちらに向き直り、

「俺に何か用事か、俺は花形だけどな」

帽子のつばを上げて見せた顔に、正しく彼と証すように赤黒い傷の跡がいくつもあった。

こちらは声も出ずに、ただただ頭を深く下げるしかなかった。あれは夜の都会ならではの沈黙の中での熱いドラマだった。

それともう一人、安藤組の幹部、言わば若者頭ともいえた西原健吾とも偶然の出会いがあった。

夏のある日、私が海浜の貸しヨット屋に預けてある、父親にせびって買い求めた小型のディンギーヨットに乗ろうとしていたら、見知らぬ若者が近寄ってきてしげしげ私を眺め、「いいなあヨットって、これ一人で乗る

の」と親しげに尋ねるので、「ああそうだよ」と答えたら、「俺もちょっと乗せてもらえないかなあ」、言うので「ああいいよ」と頷いて逗子の入り江から隣の葉山の森戸の沖まで一周乗せてやった。

「君は学生か」と質したら、國學院の空手部の主将だと言う。降りる時、「いいなあヨットって。ボートなんてつまらねえからね。明日も乗るんですか」

「いや、明日は弟が乗ると思うが、また乗りたけりゃ言っとくよ」

翌日も彼はやってきて、弟と一緒に午後いっぱいヨットで過ごしたようだ。二人は気が合ったらしく、それから何度か彼は弟に招かれて私の家にやってきて酒を飲んだり、晩飯を食べたりしたものだった。

そしてある時ふと、

「俺、今夜、森戸の浜で喧嘩するんですよ」

「誰と」

「森戸で合宿している慶應の水泳部の奴等ですがね。あいつらから喧嘩売ってきたから受けてやったんですよ」

「相手は何人だ」

「そうね、全部で七人かな」

「そりゃ君、一人じゃ無茶だよ。俺たちも助っ人に行くよ」

言ったら手を振って、

「大丈夫、俺は大丈夫。二人とも手を出さずにただ見ててくれよ」

言われて半信半疑で出かけたが、その夜の九時半、森戸の浜のはずれで行われた劇は目を見張るものだった。

屈強の水泳部員七人を相手に西原の空手の技はまるであの鼠花火が弾け飛び回るように、あっと言う間に全ての相手を薙ぎ倒してしまった。それを眺めて慶應の不良グループで副番長を務めていた弟がしみじみ、「あいつは強い、本当に強いなあ」と慨嘆していたが。

私が安藤昇なる、若い頃私にとっても伝説的な人物に直接会ったのは私からの頼み事からだった。

実はその前に私は彼の宿敵とも言えそうな横井英樹なる男と、企画していたある小説のための取材で面談したことがあった。

徒手空拳で無名から伸し上がってきた男としての興味があったが、自分について語る時の独善的な自信ぶりに辟易させられたのを覚えている。

後年、赤坂の大ホテルを抱え、その杜撰な経営ぶりと過少で不備な設備投資のせいで火災を起こし、多くの犠牲者を出して実刑の禁錮刑に付せられたこの男の、過剰な自信ぶり、最早驕慢な自信ぶりの印象に閉口したものだったが、彼のそうした本性を明かすような逸話を私の従兄から聞かされたことがある。

従兄が大阪に所用で新幹線に乗っていたら、同じ車両に横井が元ミス日本とかの愛人を見送りに乗り込んできて、彼女に何やら細々指図している内に列車が発進してしまった。それに気付いた横井が慌てて車掌を呼び付け、列車を止めて自分を降ろせと居丈高に命じたが、どうなるものでもない。

そうしたら彼が突然大声で「この中に国会議員はいないか」と叫んで見回したそうな。いたところで議員の力で一旦動き出した列車が止まる訳もない。

「いや、あんたがあの場にいなくてよかったよ」、従兄は言ってくれたが、その後自分の醜態をさすがに恥じたのか、横井はやってきた車内販売のワゴンを呼び止め、それを全て買い切ると言い放ち、周りの客たちに「何でも好きな物を飲み食いしてくれ」と宣言したものの、さすがに誰も手を出さなかったそうな。あの挿話はあの男の本性を露骨に証した出来事と言えそうだ。

後日、自分のホテルであの惨事を引き起こした時、駆けつけた報道陣にしゃあしゃあと他人事(ひとごと)のように経緯を喋りまくる彼をテレビで目にして、改めて彼の本性なるものを認識させられたのだった。

後に安藤昇なる男に興味を抱いて安藤にとって致命的な出来事の横井英樹襲撃事件なる、あまりに短絡的としか思われぬ出来事に興味を覚えたものだった。


そして後年、我が身の所用に事借りて私は八丈島に隠遁(いんとん)していた安藤昇なる伝説的な男と面談して長い会話を持つことが出来たのだった。

その訳は彼が隠遁の居を構えた八丈島が、私が参議院から転じた衆議院の選挙区に属していたことからだった。当時の東京第二区は定員五人の激戦区で、社会党は上田哲、民社党は大内啓伍、公明党は指定席という極めて熾烈(しれつ)な選挙だった。

そして都心から離れている伊豆の七つの島々が選挙の決め手になりやすい、言わば盲点のような地域だった。私としては日頃ヨットの試合で巡る島にはそれなりの知己もあって、ある時訪れた八丈島で選挙の話になった時、あの安藤昇が島に居を構えてい、彼が自分はあの石原を支持していると漏らしたと聞いて、早速ある興味に駆られて過去の伝説を背負った男に会う決心をしたものだった。

ある日、小体だが瀟洒（しょうしゃ）な造りの彼の宿を訪れた。こちらはさして緊張もしていなかったが、彼も気さくに迎えてくれた。話の皮切りに私たち兄弟がヨットの縁で知り合い気心が通じて仲の良かった西原の健坊との関わりについて披瀝したら、「ほう」という顔で私を見直したものだった。それからあの花形との思いがけぬ出会いについて話したら、「ああ、あのバーは私もよく行きましたよ」と薄く笑って頷いた。

そこで畳み込んで、

「この島の友達から、あなたがこの私を支持してくださっているとお聞きしましたので、改めて今後のお願いに参上したのですが」

「あんたは、この国は核兵器を持つべきだと言っているんでしょ。それは今時珍しいことだが、俺も同感だね」

「それは何故です」

思い切って質した私に、薄く笑うと、

「だって相手が拳銃を持っているのに、こちらがドスだけじゃ喧嘩にならないからね。そんな当たり前の道理が何故通らないのかねえ。私みたいな渡世をしてきた人間にはわかりきった話だが、平和惚(ぼ)けしたこの世では通らない話なのかね。しかしあんただけはよく言ってくれたよな」

「それは私だけが見ちゃいけないものを見てしまったからですよ」

「ほう、何を見たの」

問われて以前、沖縄返還交渉の随員としてワシントンに行った時、あの交渉の陰の立役者だった親友の若泉敬に言われて、それまで政治家の誰も訪れたことのなかった、アメリカの戦略基地のＳＡＣ（戦略航空軍団）とＮＯＲＡＤ（北アメリカ航空宇宙防衛司令部）を見学して、アメリカの核の抑止力はとてもこの日本をカバーしていないのを認識し、それを指摘した私に現地の司令官から、何故日本は自前の核を開発保有しないのか指摘され、帰国早々「非核の神話は消えた」という論文を発表したために、私は即座に核保有論者と断じられ、孤立させられたものだった。

「なるほど、喧嘩の出入りの際のドスと拳銃ですか」

頷いてみせた私に、

「際どい渡世をしていれば、誰でもそれくらいの智恵がつくよ」

薄く笑ってみせた。

それを見て、私は核心の話題について質す前に、彼の天敵の横井英樹なる男の印象について、例の新幹線での出来事を披瀝してみせたが、

「あいつもいつもいい女を揃えていたみたいだな。出来る奴は誰でもそうだよ。この俺だってそうだった」

「ずいぶんもてたそうですな」

問うたら初めて肩をすくめて、

「それはもう歌の文句じゃないが、所詮この世は男と女だものね。その女にも食べるにいい旬というものがあるけど、男に比べて長生きするという女にして食べるに最適な旬は短いものだね。まあ二十から二十八までかな。女自身もそれを意識しているだろうから男にも強く出るよな。それを落とし勝ち獲るのは男の沽券で高飛車に出るしかないよな。俺はいつもそうやってきたよ。

中国で女の性器を『宝味』というそうだが、言い得て妙じゃないか。それを獲得するのは男の仕事だし、自分の人生への責任だとも思うから俺も臆せず女を求めてきたな。若い頃、組をつくるまでがむしゃらにとことんやってきたものだが、齢をとるにつれ、物事の加減なるものがわかってきたな。それはでたらめ、いい加減ということじゃなし、人生の妙味として半開き、酒の味わいとしてほろ酔いの味ということかな」

若い頃の彼は知らぬが、齢七十近くなってからの彼は美男だった頃にはなかったろう、時折浮かべる穏やかな微笑の下に昔を偲ばせる鋭く何かを射るような眼差しは閃いて感じられた。

しかし彼が知り尽くしてきた筈の女の魅力の極意について質すと、過去の余人の及ばぬ垂涎の体験から女体の微にわたる分析を克明に吐露してくれたものだった。それは女の魅力の象徴とも言える性器の克明な分析から肌の匂い、色艶まで、彼の他に比類のない無頼の生き様に魅かれた女たちから吸い取った精気をまざまざ感じさせる豊饒な語り口だった。

「あなたの今の齢になって昔を振り返り、後悔したり反省したりすることがありますか」

　私が思い切って質したら言下に言った。

「ないね」

　続けて、

「俺は自分の都合のいいように生きてきたから、反省も後悔もしていない。明日のことも考えない。失敗は忘れるだけで明日のことは頭から締め出すことにしているよ。若い頃は反省もしたし後悔もしたし、先のこともいろいろ考えもしたよ。二十代や三十代は未熟なものだから仕方ないだろうさ。横井事件は俺が居直って子分に命じたことだから、ただ舌打ちする思いだったが、それ以上にこの今となれば悔しいことがある。

　俺が横井の件で刑務所に六年も入れられていた間にするべきことがあったんだ。実はこの国を陰で操っている如何わしい奴等をリストアップしてあった。政界では河野一郎、フィクサーの児玉誉士夫、こいつらを始末するつもりでいたんだ。それが横井の事件で指名手配されることになって潰されたよ」

「しかし、それにしても横井を撃ったりしたら当然警察沙汰になって追われる身になるのはわかっていたでしょうに」

私が敢えて問うたら、彼が苦笑いして、

「それがね、あの時だけ俺は気圧されたんだね。あの男、あの時びくともしやがらないで俺たちを笑い飛ばしやがった。

昔、尾津の大親分をこっちも殺されるのを覚悟で朝っぱらから拳銃をさげて押しかけ脅した時、あの大親分でさえぶるって酒を出して手を打ってくれたのに、横井の野郎は鼻で笑い飛ばしやがった。それでこちらも度肝を抜かれて退散してきちまった。しかし下の玄関まで来て目が覚めたのか、手前を取り直し、せめて一発ぶちこまなけりゃと思い直したんだよ。考えてみりゃ、あれは横井の貫禄勝ちだったよなあ」

「人生の浮き沈みは人の世の常だが、それは誰のせいでもなく手前自身のせいだ。自分の進め方の選択は自分で決めるしかなく、たとえ誰か信用出来る仲間なり他人に相談して決めたとしても所詮自分の選んだことでしかありはしない。それを後になって悔いたり、ぼやいたりするのはみみっちい姿だ。何が起ころうと愚痴ったり嘆いたりせず、男は棺に入るまで毅然として生き抜きたいと思うがね」

そう言った彼につい私が、

「僕らから眺めるとあなたのこれまでは、男を張って死ぬか生きるかの綱渡りの一生だったように見えますが、くたびれたりしたことはありませんでしたか」

質したら即座に、

「ないね、それは。暴力沙汰に命を張るという遊びの面白さだよ」

「面白さですか」

「そうだ。あんたたち普通の人間には命懸けなんてことは滅多にありはしないだろう。しかし俺たちには日常茶飯のことだからね」

「しかし、私たち並の人間の世の中にも命懸けはいろいろありますよ」

「ほう、どんな」

「例えば賞金が出る訳でもなしに、危険な山に初めて登る奴とかね。私の親友だった植村直己という男は世界で初めて北極圏を犬橇で踏破してみせ、これも初めて真冬のマッキンリーを登り切りました。しかし残念なことにその下山の時、行方不明になりましたがね。それにこの私も年に一度の八丈島レースであの危険な、この本島と小島の海峡を時化の中、突破するという命懸けをやってはいますがね」

「ほう、それは偉いものだな。やり終えた時はいい気分だろう。それは人間の業みたいなものだね。あんたらのスポーツにせよ、俺たちヤクザの出入りにせよ、体を張っての勝負は世間から眺めれば因果なことだろうが、俺たちには縄張りとか仕事の上がりとか欲が絡んでいるから、簡単に足が抜けなかったもんだ。それで何人かの大事な舎弟を死なせたのは慚愧だけれど、彼等だって甲斐のあった人生と思っていたと思う。だって俺たちには結局あの道、あの人生しかあり得なかったと思うよ。そう信じなけりゃ生きて来られなかったし、死に甲斐も生き甲斐もあったものじゃなかったよな。

俺はこの齢になって暴力一代の人生について、どんな泣きを入れるつもりもありはしない。あんた『雪後の松』という詩を知っているかい。昔、ある坊主から教わったんだ。『雪後に始めて知る松柏の操、事難くしてまさに見る丈夫の心』とな。男というのは普段の見かけがどうだろうと、いざと言う時に真価がわかるものだ。松の木は花も咲かず暑い真夏にはどうと言って見所のない木だが、雪の積もる真冬には枝を折るほどの雪が積もっても、それに耐え、青い葉を保っている。それが本物の男の姿だというのだ。

俺はこの詩が好きなんだ。冬を男の晩年に置き換えて何を悔いることもないという心境で、その内死んでやるつもりだよ。

男も七十近くになると気は張っていてもあちこちが衰えていくね。俗に言う目、歯、マラの順だが、終いには足腰となるな。しかし足だけは確かにしておかないと、いざと言う時に戦えない。今時、この島まで誰かがこの俺を刺しに来ることもあるまいが、一応の立ち回りが出来なけりゃ男が廃るからね。身の習いでこんな島にいても誰かがすぐ後ろを歩いてくると一応振り返り確かめるのは、身についた貧乏性ということかな。それは俺が心がけてきた粋な姿とは言えないがね。

とにかく男は粋でなけりゃ駄目だね。若い内は雑で野暮なところがあっても仕方ないが、人生の荒波に揉まれてきた年頃になれば、端から眺めてひと味ちがった雰囲気を備えなけりゃ、いい大人、いい男に見えないよな。なら粋とは何かと言えば、これは難しいよな。砕いて言えば痩せ我慢ということかね。自分の舎弟が何か不始末をしでかし、怒鳴りつけたいような時にも苦笑いで済ませてやる。それは上に立つ者としての貫禄の表示だし、粋な姿勢にも見える。際どい人間関係の中での事に応じての寛容さというのは、男の度量の証しにもなるんだよな」

静かにだが薄い微笑で言い切る、七十近くだが今なお引き締まった端麗な顔立ちの、今でもなお超無頼にすぎた伝説の男の顔を見直しながら私が感じたものは、体の内に込み上げてくる得体のしれぬ共感だった。それは善悪を超えた最早ただの動物である男としての私の、ただ人間としての何か不気味な本能を揺さぶるような、小気味のいい戦慄だった。

それは、ここにまだこんな人間がいるのかという慨嘆でもあった。

別れ際、私に、

「あんたはまだ若いんだなあ。だったら選挙で選ばれた男として周りを気にせずに言いたいことを言いまくり、やりたいことをやりまくることだよな。それが男の甲斐性ってものだよ。それで死ぬことなんぞありゃしないんだからな」

静かに諭すように言ってくれたものだった。

それから半年ほどしての総選挙で私は大勝出来た。しばらくしてから島を訪れた時、何人かの人から、「あの安藤昇から言われたのでお伝えしますが、あなたに投票したそうです」と聞かされたものだった。一言礼を告げようかと訪れた家に彼はもう不在で、隣人に聞くと体調が優れず東京の病院に移っているとのことだった。

それから時を経て彼の訃報を聞いたが、八十九という齢だったのには驚かされた。まさに波乱の末に天寿を全うしたということだろう。この暴力の海を泳ぎ切った男が最後にまともと言えばまとも、しかし歴としたヤクザの身でありながら出演したという映画を、彼への最後の興味で見届けることにした。

そして私は仰天させられたものだった。

話の筋はありきたりの裏世界の抗争を描いたものだったが、そこに彼が登場すると周りの役者が消し飛ばされてしまった。スクリーンの中にまさに他の人間たちとは全く違う凶悪な暗い世界を体現した異質の人間が存在していた。それは丁度刃物専門の店に出刃包丁から剃刀(かみそり)まで多くの刃物が並べられている中に一振(ひとふり)の抜き身の日本刀が置かれているような圧倒的な存在感だった。彼の左の頰に残る古い大きな傷を見せなくとも、その目の暗い輝きはその場を圧倒して他の全てを消し去り、そこには他の誰のとも異質な禍々(まがまが)しい人間が居座っていた。

昔、彼と対談したことのある大宅壮一が彼を評して「男の顔は履歴書」

と言ったそうだが、スクリーンの中の彼はそこにいるだけで彼の荒んだ一生をまざまざと体現していた。

私のように多感な青春時代を荒びた戦争の恐怖と緊張の中で過ごし、さらに戦後の屈辱的な混乱を味わい尽くしてきた者たちは、現代の高齢化した社会の中では年代的に取り残され、大方忘れ去られた「失われた世代」と言えるかもしれない。

しかし我々の青春はか細く不安定な青春として在りはしたのだ。それは明日の予測も立ちがたい、荒れて不安定なものだったが、今の安定して豊かでそれ故に退屈でもある現代の社会では想像に難い、人生に関してこれという確かな指針の立ち難い激動の時代だった。真の価値なるものは稀薄となり、人々は迷いながらも懸命に生き続けていたものだった。

時代の変化と共に世の中は一応平穏化し、人間の第三の本能とも言うべき暴力を命を張って行使する生き様が淘汰されてきた今日、それを貫き通した安藤昇という異形な男の一生は他の誰によっても繰り返されるべきものでもありはしまいが、しかしなおそれを知る者の心をどこかで捉えてやまぬものがあるのは、特に男にとってはある種の羨望に依るものかもしれない。

ともかくもこのような異形で人を危うく引きつける男がいたというのは、人間の世の隠れた裏の条理なのかもしれない。

【付記】

この稿を書くにあたって大下英治氏の『激闘！闇の帝王　安藤昇』や安藤昇氏の『男の終い仕度』などの書籍を参考にさせて頂きました。

特に日本の裏社会の事情に精通しておられる作家の大下氏には時系列に沿って精密な助言を頂きましたことを感謝しております。

【参考文献】

『激闘！闇の帝王　安藤昇』大下英治（さくら舎）
『男の終い仕度』安藤昇（青志社）
『自伝　安藤昇』安藤昇（ぶんか社）
『不埒三昧　わが下半身の昭和史』安藤昇（祥伝社）
『花と銃弾　安藤組幹部　西原健吾がいた――』向谷匡史（青志社）
『安藤昇　90歳の遺言』向谷匡史（徳間書店）

この作品は二〇二一年五月小社より刊行された『あるヤクザの生涯　安藤昇伝』を改題したものです。

※本書には、今日の人権意識に照らして不当・不適切と思われる語句・表現が使われておりますが、時代背景と作品価値に鑑み、修正・削除は行っておりません。

ある漢(おとこ)の生涯(しょうがい)　安藤昇伝(あんどうのぼるでん)

石原慎太郎(いしはらしんたろう)

令和4年4月15日　初版発行

発行人――石原正康
編集人――高部真人
発行所――株式会社幻冬舎
〒151-0051東京都渋谷区千駄ヶ谷4-9-7
電話　03(5411)6222(営業)
　　　03(5411)6211(編集)
　　振替00120-8-767643
印刷・製本―中央精版印刷株式会社
装丁者――高橋雅之

幻冬舎文庫

ISBN978-4-344-43195-9　C0193　い-2-18

幻冬舎ホームページアドレス　https://www.gentosha.co.jp/
この本に関するご意見・ご感想をメールでお寄せいただく場合は、
comment@gentosha.co.jpまで。